剣と魔法の税金対策

[著] SOW
[絵] 三弥カズトモ

3

It's a world dominated by
tax revenues.
And many encounters crea
a new story

「な、なによ……またなんか、
なんか税金
取ろうとしてんの⁉」
今までの事があるだけに、
怯え、すくむメイ。
ゼオス・メル
“税”を司る天使。
その存在は
脱税を許さない。
メイ・サー
人類種族最強の勇者。
ブルーの妻。
二つ名は“銭ゲバ”。

「なにを言って……
もぐもぐ……るのですか？
もぐもぐ」
「ゼオスさん……あの、それは？」
恐る恐る尋ねるクゥ。
ゼオスの態度はいつもと同じ、
冷静かつ冷徹、そこに全く変わりはない。
しかしこの日この時は、
それが余計に異彩を放っていた。
「串焼き団子です。美味しいですよ」
クゥ・ジョ
世界最後の
“ゼイリシ”の少女。
ブルー・ゲイセント
魔族領を治める魔王。
メイの夫。
お金が足りない。

「わたし、マンドラゴラの関税について調べていました。
高額の関税を課しているのに、
そのお金がどこに流れているのかがわからないんです」
関税とは、国内産業の保護と維持のために
用いられるものである。

だが、これは違った。
大前提が、狂わされていた。
「お金の流れが、消えているんです。
関税で得た税金が、誰の手にも渡っていないんです」
「ほほう……」
クゥの見つけ出した真実を聞き、謎の美女は興味深そうに微笑んだ。
ノーゼ
クゥたちの前に現れた
謎の美女

背中には巨大な翼が現れ、
目は赤く輝き、
口は耳まで裂け、
無数の鋭い牙が並んでいる。
もはや、数瞬前までの、
美しい少年の姿はどこにもない。
筋骨隆々とした、
悪魔そのものの姿になった。

「オマエらは、
まともにものを見ないくせに、
見たいものだけ見やがる。
そういうお前たちに、教訓だ……
〝最も恐ろしいもの〟でも
正視しやがれ！」
罵りの言葉を吐きながら、
キーヌの額に3つ目の瞳が現れ、光を放つ。
デュティ
エルフ族
通商全権代表
シリュウ
人族の海賊船船長

けんとまほうの
ぜいきんたいさく

Contents

It's a world dominated by
tax revenues.
And many encounters create
a new story

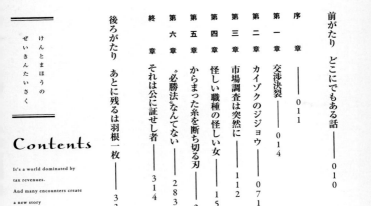

剣と魔法の税金対策

Brave and Satan and Tax accountant

3

けんとまほうの
ぜいきんたいさく

[著] SOW　[絵] 三弥カズトモ

It's a world dominated by
tax revenues.
And many encounters create
a new story

前がたり

どこにでもある話

Brave and Satan and Tax accountant

それは、どこにでもある話だった。

一人の少年が、一人の少女と出会った。

二人はすぐに仲良くなり、友だちとなり、そして、互いにほのかな恋心を抱くようになる。

よくある、どこにでもある、ありふれた、微笑《ほほえ》ましい話である。

しかし、二人は離れ離れになる。

広がる戦火が、ついに彼らのところにまで迫ったのだ。

少女は、少年のもとから離れることになった。

少女は、少年に約束した。

「いつかまた会いましょう」と。

少年は、少女に約束した。

「いつまでも待っている」と。

もしかしてこれもまた、よくある、ありふれた話なのかもしれない。

そして、その約束が果たされなかったことまで含めて。

どこにでもある、話だったのかもしれない。

けんとまほうのぜいきんたいさく

序章

Brave and Satan and Tax accountant

むかしむかしの話である。

その世界は、その年に得た恵みの一部を、天の神様に捧げることで、運行が成り立つ世界であった。

それこそが、世界の根本を司《つかさど》る原理「ゼイキン」であった。

しかし、地上に住む者たちは多種多様にわたり、皆全て同じ条件で捧げさせることは難しかった。

そこで、天の神は地上の民たちとの間に、捧げものを納めさせるための掟《おきて》を定めた。

恵みが少なかった年は、捧げものも少なく。

少なすぎた時は、捧げものは免除される。

恵みが多かった時は、捧げる割合も多めにする。

しかし、恵みを得るためにかかった手間賃は差し引く。

その手間賃も、なにが相当するかも定義する。

小さな子供やお年寄り、病人やケガ人がいる場合は、そうでない者に比べて捧げものの割合を下げる。

恵みを得るために必要なものでも、それ自体が資産となる場合は、別の捧げものが発生する。

「ゼイホウ」の誕生である。

その掟《おきて》は、どんどん細かくなっていった。

細かくなりすぎて、神との間に定めたはずの地上の民でもよくわかんなくなった。

「え、これはコウジョにならないの？」

「ゲンカメッキャクってなに!?」

「イリョウコウジョは年収の何%を差し引くんだっけ!?」

混乱する地上の民は、天と地の間に定められた掟を介する者を求め、それはこの世に現れた。

「ゼイリシ」の誕生である。

ゼイホウの理《ことわり》に通じた彼らは、天の神と、地上の民の間をつなぐ存在となった。

税の流れは正しく循環するようになり、世界は平穏と均衡を得た。

——その、はずだった。

世界に流れる膨大な富、その流れを管理するということは、莫大《ばくだい》な利益を得ることも可能とする。

ゼイリシもまた人。

神ならざる人間。

故に、その欲望に抗《あらが》いきることはできなかった。

ある時、一人のゼイリシが、その欲望に手を染めた。大国の王でも、万の軍勢を指揮する英雄でも、真理を悟った聖者でも得られぬほどの富を貪《むさぼ》ってしまった。

ゼイリシたちの名誉は地に落ち、彼らへの糾弾と迫害が始まった。

彼らは、その職務から、時に厳しいことも口にする。

税金を1イェンでも減らしたいと願う者たちを、時に容赦なく断ずる。

ゼイホウの掟を破れば、しばしば税金以上の罰が科されるからだ。

人々のために厳正に行った歴史の積み重ねが、たった一人の悪行でひっくり返った。

まるで、ゼイリシたちこそが、時に理不尽に思える税金の諸悪の根源のごとく扱われ、石をぶつけられ、棒をもって追いやられ、社会から追放された。

だが、そんなことに、何の意味もなかった。

天の神の掟を知る者が失われたことで、自分たち自身を守るものでもあったゼイホウの加護を失った地上の民たちは、ただ路頭に迷い、納めずともよい税を納めることになる。

そんな時代が何百年も続いた果て、まるでなにかの間違いかのように、再びゼイリシは歴史の表舞台に姿を現す。

それは、「勇者と魔王の結婚」に端を発した、天界の税務調査であった。

第一章　交渉決裂

大陸の半分を占める魔族領。

その中心にあるのが魔王城。

魔族たちを治める魔王ブルーの居城である。

そして同時に、ブルーの妻となった勇者メイと、魔王城の顧問ゼイリシとして契約した、クゥの住まいでもある。

だが、今回クゥがいるのは、その魔王城ではない。

魔王城から、馬車で数時間、徒歩なら半日、転移魔法なら数分で行ける場所にある。

「魔族開発特区」であった――


「うわぁ～～……すごい、すごいです！」

目の前に広がる、豊かな実りをたたえた畑を前に、クゥは感激の声を上げた。

「すごい豊作じゃないですか！　一年目で、こんなに成功するなんて、すごいです！」

魔族開発特区……それは、先の税務調査において、クゥが提案した、一大節税策である。

税金を減らす最も簡単な方法は、事業にかかった費用、すなわち「経費」を増やすことである。

しかし、事業規模の大きさ以上に経費をかけることはできない。

ならばどうすればいいか、それこそ、クゥの提案した「新規事業への投資」である。

この開発特区は、降りかかった莫大《ばくだい》な天界からの課税を免れるため、大量の国債——すなわち、魔族から人類種族への借金——を発行し、それを資金として作ったものである。

「魔族の土地は、今までまともに開墾されてなかったからねぇ。逆に言えば、地力が豊かでね、土が肥えていたんだろう」

喜ぶクゥに、特区開拓で働くコンヨー氏も、嬉《うれ》しそうに語る。

コンヨー氏は魔族ではない、人類種族だ。

この特区には、彼以外にも百人以上もの人類種族たちが入植している。

「あと……さすが魔族領だねぇ、地中の魔力含有量が桁違《けたちが》いだ。人類種族領じゃ、こんなにも魔草の類《たぐ》いは育たないよ」

開発特区では、さしあたって「魔族領特有の植物」の人工栽培が行われていた。

地質や気候、さらに、地中の魔力含有量などによって、人類種族領では生えない植物というものがある。

それらの植物から摂《と》れる成分は、時に人類種族領の産業において、不可欠なものも多い。

「暗闇《くらやみ》草に氷結華はもうそろそろだね。しびれキノコは、あともう少しかかるかぁ」

コンヨー氏の言う植物の品種は、それぞれ、本来なら毒草と呼ばれるものである。

いや、「呼ばれるもの」で、あった。

暗闇草《くらやみ》は視力を奪い、氷結華は肉体を凍らせ腐らせる。

しびれキノコに至っては、ひと息吸えば肺腑《はいふ》まで麻痺《まひ》し、呼吸不全にさせるおそるべきものだ。

だが、「毒も薄めれば薬になる」。

目に作用する暗闇草は眼病の、氷結華は炎症の、しびれキノコは神経系に由来する病への、有効な薬効作用を持っているのだ。

これらを安定して栽培し、加工した上で人類種族領に輸出できれば、それは大きな利益を、魔族領にもたらしてくれる。

「特に、マンドラゴラの栽培が成功したのは大きいね。これは目玉になるよ」

「マンドラゴラって、確か……」

その植物の名前は、クゥも知っている。

曰《いわ》く――「処刑場の土の下から生える」や、「引き抜く時に断末魔の悲鳴のような声を上げ、聞いた者を死なせる」など、おどろおどろしい伝説を持つ植物だ。

「ああ、よく言われるが、基本的には全部迷信だよ」

コンヨー氏は人類種族領にいた頃は、植物学者としてマンドラゴラの人工栽培の研究を行っていた。

「要は、土中の魔力含有量なんだよ。それらは、その土地に住む生物の排泄物《はいせつぶつ》などが蓄積され、大地の気と反応を起こすことで生まれる」

「排泄物って、うんちとか、おしっことかですか？」

クゥも、故郷の村にいた頃は、山羊《やぎ》や羊を飼って暮らしていた。

農業も畜産も、それらは外せない話である。

「そうだね。あらゆる生物はその体内に魔力を有しているが、人類種族領に住む動植物は総じて少ない、人類も含めてね。なので、土中の魔力は少ないんだ」

魔族と通常の動物の最大の違いは、その体内の魔力含有量にあると言われている。

「生態系は一つの生物だけでは完結しないんだ。死んだ生き物は土に還《かえ》り、そこから植物が生え実をつけ、それが草食動物の餌《えさ》になり、それを肉食動物が食べる……それはわかるね？」

「はい、食物連鎖ですよね」

「実際は、さらにもっと複雑な、目に見えないレベルにまで作用しているんだよ」

魔力を多く持つ生き物が土に還り、その土から生えた植物を食べ、その植物を食べた動物をさらに別の動物が……ということが繰り返され、土中の魔力含有量を増やしていく。

「マンドラゴラはね、魔力の多い土でしか育たないんだ。人類種族領の土地では、芽さえ出ない。ごくまれに育つところもあるんだがね……」

そこまで話したところで、コンヨー氏は苦笑いをする。

「どういうところで生えるんですか？」

「う～ん……少ない魔力しかない生物でも、それがたくさん死んだ場所だと、土の魔力量も増えるんだよね……」

「あ……」

それを聞いて、クゥは察しがついた。

要は「大量の人間の死体が埋まっている場所」という意味である。

人類種族領で、そんな場所は、戦場の跡か、墓場くらいなものだ。

「それでマンドラゴラって、迷信が生まれたんですね」

「そう……生えるところなら、普通に生えるんだよ」

さすがに今やそういった迷信を信じる者は少ないが、それでも、それらが栽培研究の大きな壁になったのであろう、コンヨー氏は苦笑いを浮かべている。

「マンドラゴラは滋養強壮の塊だからね。万病に効く。昔は〝不老不死の薬の材料〟とまで言われたから。これは欲しがる人はたくさんいるよ」

「みなさん、喜んでくれるでしょうね」

目の前に広がる畑を見ながら、クゥは喜びの思いに満ちた。

「お～い、コンヨーさんよ。隣の畑の水路の修繕、終わったぜ」

「お、ボルド。お疲れさん！」

現れたボルドと呼ばれた男は、こちらは人間ではない。

筋骨隆々の、半牛半人の魔族、ミノタウロスだ。

「さすが魔族は力が違うな。俺らだったら丸一日かかる仕事を、半日かからないんだもんな」

「なに言ってんだ。そもそも水路はアンタたちが設計してくれたんじゃねぇか」

笑い合う、コンヨー氏とボルド。

特区開拓は、魔族だけでは実現は不可能だった。

人類種族の技術と知恵、それがあって初めて成り立ったのだ。

だが同時に、人類種族だけでも、不可能であっただろう。

何百年も争っていた両種族が力を合わせたからこそ、これだけ短期間で、成功にこぎつけられたのだ。

「うふ……」

その光景を前に、クゥはこの上ない幸せな気持ちになった。

自分が、誰かが幸せになる手伝いができた――彼女にとって、それが最も幸せを感じる瞬間なのだ。

（まだ、ちょっとだけど……）

開発特区は、広大な魔族領の中の、ほんのごく一部である。

関わっている人の数も、両種族合わせて、千人程度しかいない。

でも、一歩踏み出したのだ。

ならば二歩目も踏み出せる。

いつかこれがもっと広がっていって、そして、世界中がこんな風に笑顔に包まれれば、それはとても、素晴らしい光景なのだろうなと、クゥは思った。

(そう、あの時みたいに……)

本来ならば、殺し合うはずの、魔王と勇者。

その二人が、ともに手を取り合い、愛を誓いあったあの日。

彼女の大切な人たちである、メイとブルーのように。

争いのない、穏やかで平和で、そして楽しい世界の到来を、彼女は心から願っていた。

だが──


「戦争じゃコラー！！！」

「なんで──!?」

魔王城に帰った途端、クゥが目にしたのは、怒りに燃え上がり、怒声を上げる勇者メイの姿であった。

「戦士たちよ剣を取れ！　今こそ戦いの時！　勇気ある者はアタシに続け！　臆病者《おくびょうもの》は去れ！」

「メイさん、メイさん!?」

魔王城大広間、集まっている魔族たちに檄《げき》を飛ばす勇者という、見ようによってはシュールな光景だが、やっていることはマジでヤバかった。

「おお、やったらぁ！」

「あいつら調子乗りやがって！」

「目にもの見せてやろうぜ!!」

メイだけならば、いつもの奇行の一種と笑うこともできたのだが、どっこい、集まっている魔族たちも、怒りの声を上げている。

これは、ただごとではない。

「メイさん、なにがあったんですか!?」

「ん、クゥ、お帰り、開発特区の見回りに行ってたんだっけ？」

「あ、はい、そうです」

「どうだった、調子は？」

「え、ええ……実りも順調で、皆さんがんばってらっしゃいました……」

「そう、それはよかったわ」

うろたえながらも報告をするクゥに、メイはにっこり微笑《ほほえ》んだ。

そして、

「開戦の日は近い!!　備えよ――」

それはそれと言わんばかりに、再び檄《げき》を飛ばす。

「だから――!」

日頃穏やかなクゥも、さすがに大声を上げた。

「一体これは何事ですか!?　なにがあったんです?　ブルーさんはどこですか?」

「ブルーならそこにいるわよ」

強めな口調のクゥに圧《お》され、ようやく応じるメイ。

彼女の指差す先に、魔王ブルーがいた。

「ブルーさん!?」

しかし、魔族を統《す》べる大首領であるはずの彼は、黒焦げになって部屋の片隅に転がっていた。

「う、うう～ん……あ、クゥくん、おかえり……」

「ただいま、じゃないです!　なにがあったらこうなるんですか!?」

まずは帰宅したクゥに言葉をかける程度には余裕はあったようだが、ブルーの姿は、魔王家に代々伝わる全身鎧《よろい》がなくば、常人なら三度は死んでいる状態である。

「朝、わたしがお城を出た時は、なにもなかったのに……」

朝食を食べ、準備を整え、挨拶《あいさつ》をして門を出たときまでは、魔王城はいつもの様子だった。

それが夕方になる前に帰宅したら、開戦前夜の様相になっていれば、さしものクゥも叫びたくなる。

「それがねぇ、こんな手紙が来てねぇ」

はしっこが少し焦げている書簡を手渡す。

「あれ、これって……」

渡された書簡を見て、クゥは違和感を覚える。

通常、魔族領や人類種族領で用いられているものとは、紙質が異なった。

「これ、パピルスですか？　今どき珍しいですね」

パピルスとは、水草の一種の繊維を分解し、再び編み直すことで作る紙の一種である。

まだ木簡や竹簡が当たり前の時代に用いられていたが、現在ではさらに安価で大量生産できる、木材由来のパルプ材のものに切り替わった。

「本来なら、羊皮紙で作って送りたかったみたいなんだがね」

「それって……公式文書ってことですか？」

公式文書――それは、大きな組織同士が、公的な責任と立場に基づいて発言、発信する内容を示したものである。

そのため、後になって、「言った言わない」が起こらないように、特に国家間などでは、通常の紙より傷みにくい、羊皮紙を用いる。

「あちらさんは、動物の死体に触れるのを嫌がるみたいでね」

続けるブルーの言葉に、クゥは書簡を開ける前に、この手紙の送り主がわかった。

「エルフ族……！」

大陸の覇権を巡って、長く争っていた人類種族と魔族。

しかし、天下はその二種族だけではない。

様々な「第三勢力」ともいえる別種族がおり、独自の文化と領域を有している。

「なんでエルフ族が……あの方々は、人類や魔族には不干渉を貫いているのでは？」

「そのはずだったんだがねぇ」

魔族と人類種族の戦争は、近年はグダグダの膠着《こうちゃく》状態になっていたが、半世紀ほど前までは熾烈《しれつ》を極め、双方に属さない「亜人種族」と呼ばれる者たちは中立を宣言。

エルフ族もその一つであり、「エルフの森」と呼ばれる自治領には、不干渉が定められていた。

「その彼らがいきなりこっちに手紙送ってきたんだから驚いたよ。で、中身を見てもっと驚いた」

困ったようなため息をつくブルー。

今まで交流を絶っていた者たちが、いきなり連絡を取ってくる……それが、ちょっとした時候のご挨拶《あいさつ》などではないのは当然である。

むしろこういう場合は、「厄介な問題」であることのほうが多い。

「なにが書かれていたんです?」

「読んでみるかい?」

一応は、国家間の通信である、閲覧は制限される。

ブルーの許可を得て書簡を開くクゥであったが、すぐに首をひねる。

「えっと、これは……」

「エルフ文字だね。僕でも読めない」

現在、魔族も人類種族も、「大陸公用語」と呼ばれる共通言語を用いている。

元は人類側で使用されていた言語なのだが、いつの間にか魔族も使うようになった。

なにせ、魔族は人類種族以上に多種多様なため、統一言語の制定が難しかったのだ。

結果として、「便利な有りもの」を使うようになった。

「一応、翻訳魔法はあるんだけどね」

書簡に、ブルーが手をかざして、魔法を発動させる。

「便利な魔法があるんですねぇ」

「それがそうでもないんだ」

翻訳されたエルフ文字が、公用語の形で浮かび上がる。

「ええっと……」

その文章を見て、またも首をかしげるクゥ。

「最初の文字が書かれています。ユガムスロップはまた、本当に彼のために判断し、彼の兄弟であれば私を許す場所です。あなたのホステルのポリシーは、私たちの市場を荒廃させ……なんですかこれ？」

まったく何が書かれているのか、「読めるけど意味がわからない」文章に、クゥは困惑した。

「翻訳魔法《エキサイト》は単語や文法に基づいて訳しはするが、その文意までは汲《く》み取れないんだ」

おそらくは多分、「最初の文字が書かれています」は「初めてお手紙を出します」的な文意であったのだろうが、もはや原形をとどめていない。

「それでもおおよその意味はなんとか読み取ったんだが……やはりいいものではなかった」

改めて苦い顔をするブルー。

「大まかな意味としてはね。開発特区のことで、文句があるらしい」

「特区？　なんでですか？」

今しがた視察に訪れたばかり、ようやく軌道に乗った、魔族と人類種族の未来を拓《ひら》く場所に敵意が向けられたことに、クゥは驚く。

「この部分……『歪《ゆが》んだ豊穣《ほうじょう》をもって、市場を荒らし、双方に害がもたらされることへの重大な不安を共用』だね」

「これって……どういうことです？」

「うん……」

腕を組むブルー。

開発特区はクゥにとって大切な場所。

その場所への辛辣《しんらつ》な言及は、口にしづらい話だった。

「実はエルフ族も、限定的ながら、人類種族領と交易を行っていてね」

「え、でもエルフ族の方たちって、自然を尊ばれるんですよね？」

クゥは、エルフと会ったことはないが、彼らが自然崇拝の種族であることは知っている。

なんでも、農業や酪農すら「大地を汚す行為である」として禁じているくらいだ。

その彼らが「交易」という、現代社会に即したものを行っていることに、違和感を覚えた。

「うん、でもまぁ、あちらさんも時の流れには逆らえないようでね」

採取を生活の基本とするエルフ族。

「自然とともに生きる」と言えば聞こえはいいが、それは同時に「自然の都合で死ぬ」危険と隣り合わせということである。

「天然素材だけでは生活が苦しいようでね、人類種族領の加工品……医薬品や金属製品なんかが必要で、そのために始めたらしい」

「どちらも、自然主体の暮らしでは手に入りづらいですよね」

「あとその、あまりおおっぴらにはされていないんだが……お酒とかね？」

「あ～～～～」

木の実を用いて作る果実酒などならともかく、穀物を利用して作るビールや、さらに蒸留して作るウィスキー、ジン、ラム酒などは、それなりの設備と技術がなければ作れない。

「そういったものの購入に現金が必要で、限定的だが交易を行っているんだ」

自治領内で採れる特産物を使って、人類種族と取引している。

エルフ族が中立を宣言しながらも、どちらかといえば人類種族寄りなのは、なんのことはない、「商売相手」だからなのだ。

「その取扱品の中に、特区で生産しているのと同じものがあってね、その……」

「はい……？」

言いにくそうなブルー、どう言ったものかと、言葉を選んでいる。

「要は！」

そこに、埒《らち》が明かないと思ったのか、メイが声を上げた。

「お前んとこで作っている粗悪品が市場に流れたら、こっちの売り上げにも影響するから、恥かく前にやめろって言ってきたのよ！」

「えええ！」

ようやく、メイはブルーの態度と、メイの怒りの理由を理解した。

苦労してやっと軌道に乗りかけた魔王城の新規事業に横槍《よこやり》を入れようとしているのだ。

それも、この上ないケンカ腰で。

「エルフ族は傲慢《ごうまん》と聞いたけどホントね！　いいじゃない、やってやるわよ！　こっちは生活かかってんだ！」

特区の開拓には、すでに魔王城の年間予算の数倍をつぎ込んでいる。

それが頓挫《とんざ》すれば、魔王城は倒産しかねない。

「魔王が倒された」の理由が倒産など、前代未聞であろう。

「だからって、戦争だなんて……それはいけませんよ！」

クゥにとっても看過できない問題であったが、さりとて、開戦の狼煙《のろし》を上げるのは、あまりに荒事がすぎる。

「だって、アイツら攻めてくる気まんまんよ！　ほら、ここ見てみなさいな」

改めて、メイは翻訳された書簡の後半を指差す。

そこには、「決着を着けることが正しい。訪れ、首を並べて待つことが正しい」とあった。

「力ずくでこっちの商売邪魔しようっていうのよ！　首を洗って待っていろってことよ！　いい度胸じゃないのよこんちきしょー！」

怒りの炎に薪《まき》がさらにくべられたか、メイは怒声を上げる。

「ははぁ……それでメイさんはそんな怒って……」

ようやく事態を理解したクゥ。

「で、なんでブルーさんは黒焦げていたんです？」

だが、まだその謎《なぞ》が残っていた。

「いやぁ……落ち着いてとなだめようとして、却《かえ》って火に油注いじゃってね」

あっはっはっと笑い事でない話を笑って話す魔王。

「『豚は去れ、狼《おおかみ》は生きろ！』て、爆炎魔法ぶっ放されてねぇ」

「魔王相手に独裁者みたいな口ぶりを……」

さしものクゥも呆《あき》れる話だが、この二人でなければ革命勃発《ぼっぱつ》と言われてもしょうのない話である。

「でも、そうなんですかね？」

改めて、書簡を――正確には、翻訳された文章を見つつ、クゥは言う。

「なによ、どういうこと？」

問い直すメイ。

「これって、つまりは、商取引におけるトラブルですよね。エルフ族の方が売っているものと、同じものをわたしたちが売り出そうとしているんで、怒っている」

「……そう、よ？」

「でも、魔族領での農地栽培は、まだ実績がありません。どのような品質のものかわからない。劣悪な商品が入り込めば、市場は混乱を来します。場合によっては、既存業者にも悪影響が出る。エルフさんたちはそれを危惧《きぐ》している」

「ん、んんっ……？」

難しい言葉が現れ始め、メイの顔に戸惑いの色が浮かび始めた。

「そうなってしまっては、双方にとって悪影響になる。なので、一度対面し、商品の品質の是非を確かめつつ、今後の方針を話し合う場を設けて欲しい、という内容じゃないんですか？」

「え～………」

翻訳魔法の精度は、あくまで文字や文法のみに則《のっと》ったもので、文脈や文意は考慮されない。

現れた文章は、メイが思ったようにも読めるが、クゥが思ったようにも読める。

「なるほど、今後の交渉のために魔王城に行くということか……だとしたらメイくん、戦争はやばいよ」

「いや、えっと、あの」

ブルーに言われ、メイはさらに戸惑う。

交渉の使者を槍《やり》もて追い立てるというのは、国際外交的に最も問題のある行為だ。

これが今までならまだしも、今の魔王城は経済立て直しのため、人類種族と交易を行おうというデリケートな時期。

もし大事になれば、取引を拒む者も出てきかねない。

「とりあえず歓迎の準備をしたほうがいいですね」

「だねぇ」

クゥとブルーはそう結論づけると、そのために大広間を出ていった。

「あ〜………」

残された、振り上げた拳《こぶし》の落とし所を失ったメイ。

「あの〜……勇者サン、どうすんスか？」

同時に、メイにノセられて盛り上がっていた魔族たちも、行き場をなくしたようにうろたえている。

「えっと、その、あの……解散!!」

「「「え〜〜〜〜!?」」」

かくして、魔族対エルフの大戦争は回避された。

とはいえ、これは、この後始まる騒動の、まだ初歩の初歩でしかなかった。


書簡が魔王城に届いてから、かっきり一週間後、エルフ族自治領「エルフの森」から、エルフ族の交渉使節が訪れた。

「我が名は、デュティ・ノーラレイ・アバルソソン……エルフ族の通商全権代表だ」

現れたのは、眉目秀麗《びもくしゅうれい》というエルフ族のイメージに恥じぬ、貴公子然とした青年であった。

「ええっと、これはこれはご丁寧に、魔王のブルー・ゲイセントと申します」

「むぅ?」

現れたエルフ族の代表であるデュティを前に、ブルーは腰を低くして応じた。

この日も、外部の者との謁見時には必ず着用している髑髏《どくろ》の全身鎧《よろい》姿なのだが、それが余計に異質な空気を放っている。

「こらこら、へりくだってんじゃないわよ。魔王らしくしなさい魔王らしく」

「いやぁ、最近めっきりそれやらなくなっちゃってさぁ、キャラ忘れちゃって」

ツッコむメイに、ブルーは恥ずかしそうに返した。

「魔王としてどうよ魔王として……」

「だって、世の中には、魔王らしくしちゃったら、それ以上で返してくる勇者さんとかいるじゃない」

「言ってくれんじゃないの、ああン?」

「それにぃ、魔王っぽくしたらメイくんちょくちょく殴るじゃないかぁ～～」

二人の会話を聞き、思い出したように言うクゥ。

「そういえば、わたしとの初対面の時もそうでしたね」

「あれはそのあれよ、アレ!」

山奥の〝ゼイリシ〟の村に現れたブルーとメイ、二人との邂逅《かいこう》は、登場一分も経たずして勇者に殴り飛ばされる魔王という、一生忘れようもない光景だったのだ。

「いい言い訳が思い浮かばないからって、強気な態度で押し切るのはどうかと思う」

「なによ、物理的な態度みせてやろうかしら？」

「ひい!?　殴らないで！」

「……いつまでやっているのか？」

文字通りの「夫婦漫才」を繰り返す二人に、いらだちを隠せない表情でデュティが言う。

「ああ、これは失礼！」

慌てて謝罪するブルーは、さらに腰が低くなる。

「エルフさん、怒らせちゃいましたね……第一印象悪くなったなぁ………」

「ビビんじゃないの！　こういう時は、ハッタリが一番」

隣のクゥも、不安げな顔になるが、メイはなおも気勢を上げる。

「そちらの二人は？　同席しているということは、なんらかの役職か、責務を持っている者なのだろうな」

「ホラ見てご覧なさい、あっちだって無駄に偉そうなんだし」

「ぬ？」

交渉事において、大切なのは相手のペースに乗るのではなく、こちらのペースに乗せること。

それをわかっているからか、デュティの態度は威圧感に溢《あふ》れていた。

「誰だと問われりゃ教えてやるわ。私の名はメイ！　この城の実質的主と思ってもらって結構ね」

そんな相手を前に、メイは「一歩も退《ひ》かない」という戦術を選んだのか、むしろ相手をこちらのペースに引きずり込むべく、さらに高圧的な態度で返す。

「思われると、僕としては結構とは言い難いんだけど!?」

「いいじゃない、その方がめんどくさくないわ」

事実上の最高権力者宣言をされ、一応魔王なブルーはなんとも言えない複雑な顔になるが、メイは一切顧みない。

「人間……？　どのような関係なのだ？」

「まぁ、いろいろあんのよ」

デュティの問いに、メイは適当に答えた。

「世界の半分目当てに魔王と談合し、節税のために仮面夫婦になったのだが、その後本当の夫婦になりました」的ないきさつなど、話が長くなる。

それに、交渉の場で下手にこちらのプライベートを晒《さら》すのは、得策ではないと考えた。

「なんか文句ある？」

「ない、そもそも興味もない」

「んが！」

だがそれはデュティも同様であった。

相手の事情を「知りたがる」という弱みを見せることはしない。

それどころか、「貴様らのことなど関心も興味もない」と突き放し、会話を自分のペースに戻したのだ。

「初《しょ》っ端《ぱな》から当ててくる人だなぁ」

「まずいですね、メイさんと反りが合わなそうなタイプですよ」

「まずいなぁ……クゥくん、なにか対策はあるのかい？」

「さすがに時間が少なすぎて……一応、いくつか方策はあるのですが……」

交渉開始前から険悪な空気を漂わせ始めた会談に、ブルーはクゥとささやきあう。

「話を始めたいのだが、よろしいかな？」

「は、はい！　すいません！」

しかし、そのささやきあいにも苛立《いらだ》ちを覚えたのか、デュティの口調にさらに怒りがこもり始め、クゥは叱《しか》られたような顔になった。

「こちらも人類種族か……」

「申し訳ありません！」

「謝る必要のないことを謝らなくてよい」

「は、はい？」

萎縮《いしゅく》するクゥに、ブルーほどではないが、デュティは予想外に、優しい言葉を返した。

とはいえ、尊大な態度はそのまま、そしてその後彼が口にした言葉もまた、容赦のないものであった。

「さて、それではさっそくだが、これを見てもらおう」

彼が出したのは、魔族領開発特区で生産されている、輸出用作物の一覧であった。

「現段階で貴公らが携わっているものは、42種、そのうち、我らエルフ族自治領、〝エルフの森〟での特産物と、６種が重なっている」

「だからなによ、あんたらの独占商品だったなんて話は聞いてないんだけど」

輸出品目が、他種族のものと「かぶっている」か否《いな》かは、すでに調査済みである。

その中で、販売規制が行われているものでないこともわかっている。

それ故に、メイも毅然《きぜん》とした態度をとった。

「そんなことを言っているのではない。話を最後まで聞く気がないなら黙っていろ」

「このっ……！」

だが、彼の言いたいことはそれではなかった。

出鼻をくじこうとして逆にくじき返され、メイの顔に怒りがにじむ。

「そちらの交易品と重なるので、当方に取引を行うなということですか？　そんな法的根拠はありません。それは、取引先である人類種族領の商人の人たちが考えることです」

「問題はそれだけではない。こちらを見ていただこう」

クゥの反論に、デュティは二枚目の書類を見せた。

「重なる6品目のうち、最も収益の高い産物はマンドラゴラ……その成分表だ、こちらは我らエルフ領産の分析表」

「そんなものまで……」

彼らエルフの交渉は、決してただの因縁ではなく、備え、構えた上で挑んできていることを知り、クゥは息を呑《の》む。

「そしてこちらが、貴公らの領内で栽培されたものだ」

両産地のマンドラゴラの成分の違いは、明確であった。

「わかるな？　各種薬効成分、含まれる魔力含有量、そして純度……全ての数値で、貴公らの方が低い。もっとはっきり言うとだ――粗悪品なのだ、貴公らのは」

「――――!!」

その言葉に、メイの顔に、今までとは異なる怒りがにじむ。

しかし、デュティはそれに気づかず、さらに論を重ねた。

「単純に商圏が重なるというのなら、ここまで問題にはならない。他の5品目に関してはこちらも問題を感じない。しかし、同じ品種で、ここまで別物と言っていい粗悪品が出回るのは、看過できない」

「しかし、これは――」

反論しようとするクゥであったが、その前に、メイが声を上げた。

「言ってくれんじゃないのよ。こっちが汗水たらして作ったんモンを、粗悪品呼ばわり……何様よアンタ！」

「がんばりました、一生懸命作りました、そんなモノは商取引において意味をなさない。責任や信用に感情を持ち込まれても困る」

「はぁっ!?」

だが、デュティも退《ひ》かない。

それどころか、なおも鋭い言葉の刃で斬《き》り返した。

「メイさん、落ち着いてください!?」

「落ち着けないわよこんなの、アンタにそこまで言う権利があんの！」

さらに険悪な空気になる中、クゥは止めに入った。

「残念ながらあるんです」

「えええええ!?」

メイは驚いているが、事実である。

デュティの抗議は、辛辣《しんらつ》ではあるが、正当なのだ。

「信用の積み重ねというのは、一種の無形資産です。それが侵害されていると考えること自体は、間違っていません」

「ほう……話のわかるヤツがいるようだな」

彼女の言葉に、険しい顔のデュティが、少しだけ感心した顔になった。

「ええ……どゆことよ」

「エルフ族の方たちは、長年にわたって人類種族領と交易を行い、様々な薬効成分のある希少な草花を提供してきました」

なおも納得のいかないメイに、クゥは解説を始める。

「うん、わかっているわよ」

「交易……すなわち、商売の基本は〝信用〟です。エルフ族の皆さんが、安定した間違いのない品質の品を納め続けたからこそ、市場が成り立ちました。つまり、今回のケースで言えば『マンドラゴラは効果のある薬草だ』という評価を、人類種族領に根付かせたとも言えます」

「んんんん……？」

「そこに、後から同名の商品を持ち込み、その品質が低ければ、どうなります？」

「どど……どうなるの？」

「消費者……つまり、お客さんは、エルフの方たちのイメージで、マンドラゴラを求めます。しかし、両者の品質の間に明らかな差があれば、わたしたちの持ち込んだ方を購入した人は、〝騙《だま》された〟と思うでしょう」

「そんな！　それは……！」

怒りというより、落胆という方が近い表情のメイ。

彼女がそんな気持ちになるのは、クゥも十分理解している。

しかし、生産者がどれだけ「一生懸命がんばって作りました」と言っても、それが求められたものに及ばないのであれば、購入者の「一生懸命働いて稼ぎました」の金に見合うものにならないのだ。

「ぐぐ……」

堪《こら》えられぬ悔しさを、それでも歯を噛《か》み締めて力ずくで抑え込むメイ。

そんな彼女たちに、デュティはさらに告げた。

「我々からすれば、長年の実績の積み重ねに、横から現れてタダ乗りされたようなものだ。それだけならばまだしも、低品質の商品を蔓延《まんえん》させ、マンドラゴラの需要が冷え込めばどうなる？　その責任は取ってもらえるのかな？」

「デュティ殿、あなたのおっしゃりたいことはよく分かった。しかし、産地によって、同じ作物でも異なるものがあるのは、世間ではよくあることではないでしょうか？」

「よくあることで済まされては困る」

ブルーも反論を試みるが、デュティの態度は変わらない。

「その言い分を呑《の》めば、誰も新規事業を起こせなくなる」

「当方には預かり知らぬ話」

新規参入者のハードルが高くては、誰も事業参加できないと訴えるブルーであったが、「それに足る品質を作れなかったことはこちらには関係ない」と、デュティは突っぱねる。

「それに、特区の開拓には、こちらも莫大《ばくだい》な予算をかけている。その回収もできなくなれば、多くの者が困るのだ」

開発特区を開くのにかかった金は、魔王城の国家予算の数倍に及ぶ。

それも、多くは国債を発行して得たものであり、返済の義務があるのだ。

「それこそ、むしろ貴公らを思ってのことなのだがな」

しかし、それでもなお、デュティの態度は変わらない。

それどころか、さらに辛辣《しんらつ》な言葉を突きつける。

「このまま行けば、双方ともに悪い未来しかない。魔族と一部の人類が結託して、粗悪商品をばら撒《ま》く悪行を重ねているなどと知られれば、どうなると思う？」

「!?」

彼の言葉に、彼女なりに堪えていたメイの表情が、さらに一段、険しさを増す。

「二種族間の戦争は、あくまで停戦状態だ。人類種族の国の中には、なおも貴公らを憎み、嫌っている者も多い、いらぬ災厄を生みかねんぞ」

「…………」

メイの表情が、暗く、重いものに変わっていることに、デュティは気づかない。

「め、メイさん……？」

恐る恐る声をかけるクゥにすら、彼女は反応を返さない。

それほどまでに「煮えたぎって」いた。

「これ以上の損害が広まる前に、さっさと畳むのが一番だ。魔族の陰謀かと思ったら、ただの力不足で粗悪品しか作れなかったと分かれば、魔王の権威が傷つくぞ」

「デュティ殿……それはさすがに——ダメだメイくん！」

開発特区で作られた産物を、「恥」とまで言い捨てるデュティに、さすがにブルーも険しい表情となったが、その視線が、殺気をはらんで立ち上がったメイに向いた。

「言いたいことはそれで終わりか！！」

「メイさん!!」

クゥが静止の声を上げるが、それすら届かず。

腰の光の剣を抜き放つと、デュティに向かって振り下ろし、テーブルを叩《たた》き斬《き》った。

「なにをしているのか、わかっているのか……？」

冷たい眼差《まなざ》しのデュティ。

メイの行為は、まさに「交渉のテーブル」を破壊したのである。

「言わなきゃわかんない……？　売られたケンカ買ってやったのよ、この耳長が!!」

「貴様……その言い分、わかって言ったのだな!!」

怒りを抑える気など欠片《かけら》もないメイは、エルフ族にとって最も侮辱となる言葉をぶつける。

デュティはエルフ族を代表してこの場に現れた。

故に、彼への侮辱は、個人への発言にとどまらない。

種族全体への侮辱となる。

ここで怒らなければ、それこそ、エルフ族にとっては、「種族の恥」となるのだ。

「やってみろ!!」

「後悔するな!!」

手のひらに魔力を溜《た》め、攻撃魔法を撃ち放たんとするデュティを、メイは挑発する。

「待って、落ち着いて！」

激突せんとした両者、ブルーが立ち上がり、その間に入る。

「あわわわわわわ!?」

クゥの悲鳴がこだました直後、大爆発が起こり、轟音《ごうおん》が魔王城を覆った。


その日の夜――

「いやぁ、大変なことになったね。クゥくん、ケガはなかったかい？」

「あ、はい。大丈夫です……」

ボロボロになった魔王城の「謁見の間」ではなく、魔王ブルーの私室に一同はいた。

「でも、ちょっと膝《ひざ》をすりむいているね。ごめんね、とっさのことだったから」

エルフ族といえば、その美しい容姿と同じく、高い魔力を有した種族として有名である。

ましてや幹部級ともなれば、その魔力は人類種族の大賢者、魔族ならば四天王級に匹敵するだろう。

そんなデュティと、人類種族最強のメイが激突したのだ。

その余波は尋常なものではなく、とっさにブルーが結界を張ってクゥを部屋の端に放り投げなければ、無力な彼女は跡形もなく消え去っていたかもしれない。

「いえ、大丈夫です！　ホントに大丈夫です！　その……ブルーさんに比べれば……」

「いやぁ～……」

申し訳なさそうな顔のクゥ。

それも無理のない話であった。

確かに、膝小僧にちょっとばかり擦《す》り傷《きず》ができたが、それ以外、彼女には何の負傷もない。

少なくとも、全身包帯が巻かれ、立ち上がることもできず、ベッドに横になっているブルーに比べれば。

「なんだか、その、地下のアンデットさんたちの、ミイラ男みたいになってますよ？」

「さすがに勇者とエルフの代表格、強いなぁ」

メイとデュティが激突した――は、正確ではない。

双方が激突する寸前、その間にブルーが割り込むことで、ギリギリ、衝突を回避したのだ。

「無茶が過ぎますよう……」

「でもそうしないとねぇ、どっちがどっちを傷つけても、問題になる」

交渉に訪れた他種族の代表に、自称とは言え、「実質的な主」が刃《やいば》を向けたのだ。

あの状態で、クゥのように「擦《す》り傷《きず》一つ」でも負ったなら、それだけで大問題になる。

「まぁ腐っても魔王だしね。簡単には死なないよ……とはいえ、しばらく色々面倒をかけるかもしれないなぁ」

勇者とエルフの最大出力の攻撃。

本来なら、「地形が変わるほどの破壊力」である。

それを、デュティだけでなく、メイにも影響を及ぼさないように、全て自分の体に食らわせたのだ。

即死ということはなかったが、それでも、しばらくは魔力の大半を回復に用いざるを得ない状態であった。

「……怒んないの？」

部屋の端で、壁にもたれていたメイが、バツの悪そうな顔で言った。

「怒ってほしいのかい？」

「そういうわけじゃないけど……」

　ブルーは怒らない。

　それどころか、責める素振りも、嫌味の一つすら言わない。

「怒られる理由がわかっている人に、怒ってもしょうがないよ」

　正直に言えば、ブルーのダメージはかなりのものである。

　さすがの魔王も「痛たたたたたッ!?」と喚《わめ》きたくもなるほどのものだった。

　しかし、そんな自分を、誰よりも後悔している目で見ているメイを見てしまったので、あえて、かなり無理して、なんでもない素振りをしていた。

「それにキミは――」

「なによ」

「そっちの方が、多分、反省するタイプだ」

　だから、あえてブルーは軽口を叩《たた》く。

「アンタねぇ……」

「ははは……あと、気持ちはわかる」

「うん……」

　笑っていいのだか、泣いていいのだかわからない、困った顔のメイに、ブルーは少し口調を変え、よりそうように言葉をかけた。

日頃、ボケとツッコミでパンチを食らっているからこそ、彼女が本気で「殺意を持って人を殺《あや》めよう」とすることの意味はわかっていた。

それだけメイは、本気で怒っていたのだ。

自分ではない、他の者たちのために。

「あの特区の人たちさぁ、魔族も人類も、どっちも、みんなで力合わせてがんばってきたじゃない」

開発特区には、魔王城の未来がかかっている。

ブルーやクゥ、そしてメイも、何度も足を運び、その様子を見に行った。

当然、そこで働いている人たちの姿も見ている。

「アタシさ、前に、大雨のときに、たまたま顔だしててさ」

その時、大雨の影響で、特区のすぐ側《そば》を流れる大河の、水かさが増していた。

「で、気になって堤防見に行ったの」

「そういう時は、危険だから近づかないほうがいいんだよ」

「言ってらんないでしょ、堤防が崩れたら、農地とか全部ダメになるんだから」

洪水の危険がある際にやってはいけないことといえば、「川の様子を見に行く」である。

しかし、やってしまう者は数多い。

それも当然で、川が溢《あふ》れれば、今まで丹精して育ててきた作物が、壊滅する危険があるのだ。

「みんな、力合わせてさ、土のう積んだり、岩を積んだり、アタシも手伝ったんだ」

「そうかい……」

魔族も人類種族も、ともに力を合わせ、困難に立ち向かう姿を、メイは目にしていた。

「上流の方で土砂崩れがあったみたいで、鉄砲水が発生してね」

「そうかい……」

「だから、光の剣のファイナルバスター・モードで川の流れ自体を変えて、洪水を防いだんだけどね」

「なにそのすごいモード、初めて聞いたんだけど？」

奮闘する開拓民たちのために、最終的にメイは力押しで介入していた。

「水害が治まって、農場が無事で、みんな喜んでてさ……」

その時、メイは思ったのだ。

「ホラ、アタシさ、昔……ろくでもないとこで、働かされてたじゃない」

幼少期、孤児であったメイは、貧しさから、奴隷同然の環境で働かされていた。

「そんなところの出身だから、心のどっかで、『働くっていうのは、やりたくないことを我慢する代わりにお金をもらうこと』なんだって思ってたのよ」

朝から晩までノルマに追われて、休息も食事もほとんどなく、微々たる給金。

そんな環境で、「働く喜び」など得られようもなかった。

「でも、あそこの人たちは違った。みんな、なんていうのかな、『自分の役割を見つけて、自分一人ではできないことを成し遂げる』ことを、喜んでいた」

これが「働く」ということなのかと、メイはやっと、その大切さに気づいた。

だからこそ、デュティの物言いを、看過できなかったのだ。

「わかってんのよ、あいつが正しいって、でもさ……正しいからって人殴っていいってもんじゃないでしょ！」

「だからといって先に殴るのもダメだよ」

「うん……」

ブルーの声に、メイを責める色はない。

むしろ、同意しつつも、彼女を冷静に諫《いさ》めていた。

「正しいから」と誰かを殴ってはいけないのなら、「侮辱された」と殴ってもならない。

「でも、そうなんだよな。彼らの言い分を受け入れるわけにはいかない。それは開発特区の人々の働きを踏みにじるものだ。それを守るのは、王様の仕事だ。僕の仕事だ」

むしろブルーは、メイに「殴らせてしまった」ことを悔いていた。

ああなる前に、ああならないようにするのは、王の務めだと、彼は考えていたのだ。

だからこそ彼は、メイを責められなかった。

責める資格など、自分にはないのだ。

「とはいえさて、どうしたものか……」

内輪の話は終わったが、騒動は始まったばかりである。

交渉は最悪の形で決裂。

代表のデュティは憤慨し、自領に戻った後である。

もはや謝罪も間に合わないし、謝る手段もない。

「いえ、まだ打つ手はあります！」

「あるのかい？」

だが、有能なる顧問ゼイリシたるクゥは、その中でも活路を見出《みい》だしていた。

「ブルーさんのお仕事が、みんなを守ることなら、そのためにどうすればいいのかを考えるのが、わたしの仕事です！」

「なんて頼りがいがあるんだい君は……」

メイとブルーの思いを知ったクゥには、今こそ自分が役に立たねばならないという、強い決意があった。

「ただ、今の状況では、まだわからないことが多すぎるんですよね」

交渉会談の前から、クゥはいくつか、腹案を用意していた。

しかし、改めてデュティと接して、さらなる不確定要素が存在することに気づく。

「エルフ族のデュティさん……今回のことでお怒りになって、是が非でも、魔族領産のマンドラゴラを、流通させまいとしています」

「僕、気絶していたんだけど、そんなに怒ってた？」

「はい……かなり……」

間に、物理的にブルーが入ることで、最悪の事態は回避された。

とはいえ、形だけ見れば一方的な交渉放棄である。

「あの時、メイさん、〝耳長〟って言っちゃいましたし……」

「うっ……いや、まぁ、その……」

さすがに、口ごもるメイ。

エルフ族にとって、「耳長」とは、人類種族側からの最大の屈辱の言葉とされている。

なぜなら、彼らにとって、あの耳の長さは「普通」のことなのだ。

「エルフの身体的特徴として、耳が長い」という認識は、あくまで、人類側からの一方的なものである。

彼らからすれば、「人類至上主義」であると同時に、エルフ族を下に見ていると受け取られても仕方がない物言いなのだ。

「でも、だからって、こっちの取引を妨害するなんて、そんなことできるの？　人類種族の商人たちに圧力をかけるとか？」

「ありえない話ではありません」

メイの問いに、クゥは深刻な顔で返す。

「残念ながら、品質で言えば、あちらの方が圧倒的に上です。そちらを欲しがる顧客を持っている商人に、『魔族領産のマンドラゴラを仕入れれば、今後はエルフ領産を卸さない』と言えば、可能です」

デュティという青年は、尊大ではあるが、誇大ではない。

自らの領分を超えた虚勢を張るようなことはしないだろう。

潰《つぶ》せるから、潰せると言ったのだ。

「くっ……不利すぎるわね」

「デュティさんは、こう仰《おつしや》っていました」

悔しがるメイに、クゥは、去り際にデュティの言った言葉を伝える。

「今回の件は、ボストガル政府に通告させてもらう、と――」

「ボストガル？　あれ、どっかで聞いたことあるわね」

その地名を聞き、メイは首をひねる。

「人類種族領の国の一つです。湾岸交易都市として有名ですね」

「あーあーあー、あったあった！」

メイは人類種族だが、さりとて、領内全てを回ってきたわけではない。

行ったことのない場所も少なくない、というか、そちらの方が多い。

「それが、なに？　なんか関係あるの？」

「おそらく、そのボストガルに今回の件を報告し、『魔族領産の物品は、低品質なまがい物だ』と上申しようとしているのでしょうね」

「告げ口？　ちっ、陰湿な！」

さらに苦い顔をするメイ。

だが彼女は、ことの深刻さをまだ理解していなかった。

せいぜい、「数ある交易港の一つを出禁にされた」くらいにしか思っていなかった。

「それだけが問題ではないんです」

だが事実は異なった。

「ボストガルは、国家連合が定めた、他種族との交易の窓口となる港なんです」

人類種族の窓口港からの締め出しとは、イコール、人類種族と交易できなくなるという意味である。

「特区の産物は、多くの人類種族領の国や商館が購入を約束してくれましたが、それは、ボストガルの港に入ってからの話なんです」

全ての物品は、ボストガルの港に荷降ろしされ、そこから人類種族領の各地に運ばれる取り決めなのだ。

「このままじゃ、売りたくても売れないわけね……」

「いえ、実際はもっとひどく」

「え？」

事態の深刻さを改めて悟るメイに、クゥはさらに、申し訳なさそうに続ける。

「先程も申し上げたように、すでに多くの人類種族側の方たちと契約をしているんです。納品契約です。それが期日までに間に合わなければ……」

「え……え……？」

「商売ができないどころの騒ぎではありません。違約金が発生します。最悪、納めるはずだった積み荷の同額分です」

「────!?」

期日までに品を納める──は、商業における根本の取り決めである。

販売機会損失という言葉があるように、「売るべき時に売るべきもの」がなければ、それ自体が絶大なマイナスなのだ。

「しかも正確には、納品価格ではなく、納めた側が、『販売するはずだった』額です。納品ができないということは、本来得られるはずだった利益が得られなかったということですから、その分を支払わなければならないんです」

「じゃあ……原価＋利益分で……」

「現在の契約の規模から考えると、ええっと……」

真っ青な顔で震えるメイに、クゥは告げる。

「まちがいなく数億イェン規模の違約金が発生します」

「げっ……」

それは、万年赤字経営の魔王城にとって、とてつもない脅威であった。

「もっと恐ろしいのは、これで信用を失ってしまうので、もう取引に応じてくれるところは現れないでしょう」

仮に現れたとしても、足下を見られ、かなり悪条件での取引しかできなくなる。

だがそれでもまだマシな方。

このままでは、特区でどれだけ生産しても、売る当てがないという最悪の事態となるのだ。

「魔族領は、内需が乏しいです。人類種族領への輸出が滞れば、確実に経済は崩壊します」

特区の開拓のために発行した国債、多くの国々から募った融資。

それらの返済は不可能となる。

「ねぇ、クゥ、あのさ……このままじゃ……最悪、どうなるの？」

「そうですね」

青い顔で震えるメイに、クゥは現段階で考えられる「最悪」を想定する。

「返済が滞った以上、いずこからかお金を借り直し、返済に当てなければなりません。しかし、一度信用を落とした相手への融資は、条件が厳しくなります」

信用は資産——先のデュティとの対話の中でも出てきたが、こちらはその逆である。

「信用できない」という実績が積まれれば、諸々《もろもろ》の条件はどんどん悪化するのだ。

「そうなると、なんらかの担保を出さなければなりません。しかし、魔王城には、相応の資産はない、そうなると……」

「国土の切り売りか？」

「はい」

ブルーの問いに、クゥは沈痛な顔でうなずく。

領土と引き換えに金を得る——国家が選択する中で、最大の悪手である。

この場合の領土とは、単に土地の権利を指すのではない。

土地と、その土地にある全ての裁量権を渡すということだ。

その土地にある全て、そこに住む者たちも含め、売り渡すことなのだ。

「あ、ああ……あああ………」

「ん？　メイくん？」

重い顔で話すブルーとクゥを前に、メイは目を泳がせ、震えだす。

「うがが……うぎゅぎゅぎゅ～～～!?」

「うわー、なにしてるんですか!?」

窓枠に足をかけ、今にも身投げしようとしているメイを、クゥが慌てて引き止める。

「離してクゥ！　アタシ、アタシ……なんてとんでもないことをぉ～～～!?」

「落ち着きなさいなメイくん」

「だけど、だけど……！」

自分のやらかしてしまったことの重大さのあまり、思わず身投げを決意してしまったメイを、ブルーは穏やかな声で諌《いさ》めた。

「もう手がないわけじゃない……そうだよね、クゥくん？」

事態は決して良くはない。

だが、まだ最悪ではない。

「はい、ですが……どうも情報が足りなさすぎます。それに、エルフの方たちの交易に、怪しい点がいくつか見受けられたんです」

「それは……？」

「まだ憶測の段階なので、なんとも言えません。だからこそ、ボストガルまで赴いて、現地調査を行いたいと思います。いいでしょうか？」

クゥの申し出を、ブルーが拒むはずはなかった。

彼女が必要だと言うのならば、それは必要なことなのだ。

「クゥ、アタシも行くわ……」

そして、意を決したように、メイも加わる。

「アタシじゃ、頭使うことはできないけど、アンタのボディーガードくらいならできる。もしかして、あのエルフの連中が、なにかするかもしれない」

「なにか……って、なんです?」

「わかんない……けど、なんか嫌な予感すんのよ」

問われたメイも、上手《うま》く説明できないという表情であった。

「ふむ………」

しかし、それをブルーは軽視しなかった。

「ならば、僕も行こう」

それどころか、「魔王自らが同行する必要がある」とさえ判断した。

「え?」

「ちょっと、さすがにその体じゃ無理よ!」

とはいえ、ついさっき、常人なら十回死ぬほどの大ケガを負ったばかりのブルーである。

こうして会話ができていることすら奇跡なのに、国外への旅など、無茶がすぎる話に思えた。

「いやいや、三日もあれば、なんとかなるよ」

だが、そこはやはり魔王である。

回復に魔力を集中させれば、少なくとも、日常生活くらいならなんとかなるのだ。

「さすがブルーさん、すごいです……」

それを聞き、クゥは半ば唖然《あぜん》とした顔で感心していた。

「ってか、魔王城空けていいの？　王様でしょアンタ」

「う～ん、でもまぁ、少しくらいならいなくてもなんとかなるよ」

幸いなことに、今の魔王城は「外患」はあれど、「内憂」はない。

少し前までは権力争いも行われていたのだが、メイが勇者として魔王城に来るまでにあらかた倒してしまい、来た後もさらに倒したので、ブルーの「魔王」としての地位を脅かす者がいないのだ。

「まぁそれにさぁ」

と、そこまで言ったところで、ブルーの口調が少し変わり、メイに尋ねる。

「ねぇ、ボストガルってどんなところだい？」

「アタシも名前くらいしか知らないけど……交易都市だから、かなり栄えている国ね。観光客も多いそうよ」

「うん、ちょうどいい」

「なにが？」

不思議そうな顔のメイに、ブルーは笑顔で言った。

「ほら、僕らまだ、新婚旅行してなかったし」

「ぶっ⁉」

突然の言葉に、吹き出すメイ。

「せっかくのピンチなんだ。ついでに楽しもう」

「アンタねぇ……どこまで……」

緊張感のない夫に、メイは困ったような、そして恥ずかしそうな顔になった。

「悲痛に考えすぎると、上手《うま》くいくものも上手くいかないさ。ねぇ？」

「え、あ、はい……」

そんな彼女を横に、ブルーは陽気な顔で、クゥに同意を求める。

（そっか、ブルーさん……）

それを見て、クゥは気づく。

（メイさんを、悩ませないように、あえて……）

事情はどうあれ、問題がこじれたのはメイが原因である。

しかし、悔やんでばかりいても話は始まらない。

あえて道化になることで、メイが無用に己を責めないようにしたのだ。

「ん？」

「あ、いえ、なんでも――」

「しーっ」

そして、わずかな視線で、クゥが自分の思惑を察したことに気づいたブルーは、「メイくんに言っちゃダメだよ」というように、口元に手を当てた。

「あは……はい！」

それを見て、思わず笑うクゥ。

ブルー・ゲイセントという男は、実はとても、人に心を遣う人物なのだ。

相手に、「遣われた」ことを気づかせないくらい。

それは彼の底抜けの温厚さから来るものであることを知るクゥは、こんな状況だが、温かな気持ちになった。

「なに？」

「いえいえ、それならむしろわたしが行かないほうがいいかもですね。お二人のお邪魔になっちゃいますし」

空気の変化を感じたか、メイが尋ねるが、クゥもまた察して、あえておどけた軽口を叩《たた》いた。

「もー！　クゥまで何言ってんのよー！」

顔を赤らめ、声を上げるメイの顔からは、さきほどまでの悲痛の色は消え去っていた。

（さてと……）

ふと、ベッドの上のブルーは考える。

ボストガルへ同行を言い出したのは、無論、ただ「新婚旅行も兼ねて」なだけではない。

メイは、理屈ではなく本能で動くタイプだ。

その本能で、数多《あまた》の戦いをくぐり抜け、魔王である自分の眼前まで迫った勇者だ。

そんな彼女が「嫌な予感がする」と口にした。

それは、この場合、そこらの巫女《みこ》の託宣よりも警戒に値する。

(取り越し苦労ならば、それが一番なんだけどね……)

心の中でのみ、ブルーはつぶやいた。


その頃、天界――

そこには巨大な神殿があった。

地上にあるいかなる宮殿よりも、美しく白いそこは、絶対神アストライザーの座所であり、アストライザーに仕える御使い――天使たちの職場でもある。

「ふむ……」

その神殿の一室にて、税天使ゼオス・メルは、異なる地の光景を映し出す、〝神の瞳《ひとみ》〟をもって、地上の様子を見ていた。

本来は、この世界の絶対法則〝ゼイホウ〟の守護者として、正しき納税を行っていない者たちを監視するためのものなのだが、今日の彼女の使用用途は、やや異なっていた。

(まったく、あの人たちは、ほっといてもトラブルに巻き込まれますね)

彼女が見ていたものこそ、なにあろう、魔王城でのエルフ族との交渉会談での大げんかとその顚末《てんまつ》であった。

（いや、むしろ、自分たちで起こしているというのが正確ですか）

メイが光の剣を抜き放ったときなど、ゼオスは思わず、額に手を当ててため息を吐《つ》いてしまった。

（とはいえそれも、彼女たちの経済基盤が、まだまだ脆弱《ぜいじゃく》という証拠……財政が安定していたならば、ちょっとやそっとの苦難でも存亡の危機になるようなことはありません）

以前の〝ゼイムチョウサ〟によって、要注意者リストに載った魔王城の監視、それが彼女の現在の仕事である。

今のこの行動も、監視の一環——そういうことにしている。

（さて、どうしたものでしょうか……）

だが、彼女の思惑は、少しだけそこから外れていた。

「はい、りぴーとあふたーみー！　ウチのワイフが、言うにはさぁ！」

「うちのわいふが、いうにはさー！」

「ダメダメ、まだ恥が残ってる！　もっと胸を張って！　聞いてよ、ダーリン！」

「きいてよだーりん！」

思考を巡らせていた彼女の背後で起こる、騒がしい謎《なぞ》のやり取り。

「なにをしているのですか……？」

日頃冷静沈着で、感情を表に出すことの少ないゼオスも、この時ばかりは眉間《みけん》にわずかにシワをよせる。

「いやさぁ、イリューちゃんって、千年封じられてた子じゃない？　トークスキルがいまいち貧弱で、会話が続かなくて困るっていうから、特訓をね？」

そこにいたのは、ゼオスの同僚、査察天使のトト・メルと、新米の督促天使イリューであった。

「それでなんでワイフだのダーリンだの出てくるんです」

「小粋《こいき》なジョークといえば、ワイフとダーリンは外せないでしょ」

「どこの世界の常識ですか」

日頃は、下界にてメイたちを翻弄《ほんろう》しているゼオスだが、このいつも無駄にテンションの高いトトには、とかく振り回されている。

「ゼオスちゃんこそ、相変わらず仕事熱心だねぇ～……あの〝ゼイリシ〟の子がそんなに気になるのかい？」

「私には彼女らの税務を監視する使命があります。税天使なので」

ニヤリと笑うトトから、ゼオスは視線をそむける。

査察天使とは、絶対神アストライザーに代わって「目」として、世界を見る者である。

それ故か、いつも陽気に振る舞っているようで、トトの洞察力は凄《すさ》まじい。

相手のわずかな挙動から、その心中を読み取る。

「あの……？」

彼女らのやりとりを見ていたイリューが、おずおずと声をかけた。

「なんです」

「クゥたち……なにかあったの？」

「……問題ありませんよ。あなたも知っているでしょう。クゥ・ジョは賢明なゼイリシです。おそらく、今回の問題も解決できるでしょう」

新米天使であるイリュー、彼女は、クゥと縁のある者。

もっと言うならば、「友だち」であった。

それ故に、不穏な話に、彼女の名前が出てきたことを案じていた。

「そ、そっか……よかった！」

しかし、ゼオスの言葉に安堵《あんど》し、笑顔が戻る。

その言葉は、ただの慰めではない。

実際に、クゥの「対策案」を、ゼオスは予測していた。

その予測どおりであるならば、この問題の解決は、困難であろうが、上手《うま》くいくはずである。

「なので、わざわざ私が出向くまでも――」

言いかけたところで、ゼオスの口が止まる。

「!?」

一瞬、〝神の瞳《ひとみ》〟が映し出す画像が乱れた。

「なんか……あったね」

それを見て、トトの口元から笑みが消えた。

「なにかが、一瞬、混ざった……?」

「神の瞳」は、天界の監視装置、それが映し出す映像が乱れるなど、ありえない。

ありえるとしたら、同じ天界に属する力か、もしくはそれ以外の……どちらにしろ、本来なら下界にないはずの力が干渉した以外にない。

「なんか不穏な空気だねぇ………」

それこそ、ゼオスどころか、トトすら笑みを陰らせるほどの事態なのだ。

「って、ゼオスちゃん?」

トトが気づいたときには、そばにいたはずのゼオスの姿はなかった。

「すごい速さで、どっか行っちゃったよ」

驚いた顔で、開けっ放しになっている扉を指差すイリュー。

すでにゼオスは、異常の正体を探るべく、下界に向かった後だった。

「ホントゼオスちゃんってば……ま、昔からああいう娘だったモンねぇ」

それを見て、少し呆《あき》れたような——

「だから、苦しんだんだろうに」

そして、少し悲しげな顔になるトト。

「?」

「なんでもない、なんでもないよ」

困惑するイリューに、トトは笑みを戻して、余計な心配をさせないように頭をなでた。

「そんじゃ、練習再開! どうしたんだいハニー!」

「ど、どーしたんだいはにー!」

そして再び、特訓を始めたのであった。

第二章
カイゾクのジジョウ

経済において、特に重要なものは、「流通」である。

どれだけ物が生産されても、それが然《しか》るべき場所に届かなければ、意味はなさない。

流通が発展することで経済が発展し、経済の発展はそのまま国力の向上となる。

故に、古来、流通を活発にするべく、交易路の整備は国家の最重要課題であった。

村と村、町と町、都市と都市、国と国――それらをつなぐ街道の整備と維持が行われる。

そして、交易路は、陸上だけではない。

海の流通網……海上交易路も、同じくらい重要なものなのだ。

「うーみーはーひろいーなーおーきーなー！」

大陸に存在する人類種族の海上交易路は、大まかに二つある。

曰《いわ》く、「東廻《まわ》り」海路と、「西廻り」海路である。

そのうち、魔族領を迂回《うかい》する西廻り航路は廃れ、人類種族の多くは東廻り航路を使用している。

その航路を進む一隻の船の舳先《へさき》にて、この船の長、シリュウは、高らかに歌っていた。

「いやぁ、海はいい。海はいいよな。特に水平線がいい、日が沈むし、月は昇るし」

日に焼けた褐色の肌に、筋肉質な体、口元から除く白い歯が印象的な女船長であった。

「頭ァ、この調子なら、あと三日もあれば、目的地に到着しますね」

「ああ、風向きも天候も穏やか……雲の流れから見て、荒れる様子もねぇ。順調、順調！」

手下の船員に、シリュウは快活に返す。

彼女は、ただ陽気に歌を歌って遊んでいたのではない。

船首から海の様子や空の様子を「観《み》て」、航路の安全を確認していたのだ。

「そういえば頭……旦那《だんな》が、ボストガルに来るそうですね」

「ああ、らしいな」

手下の言葉に、シリュウは怪訝《けげん》な顔になる。

「あの旦那が人類種族領に足を運ぶなんてなぁ。普段の交渉は、全部アイツに任せてんのに」

「人間嫌いなんですよね？　どういう風の吹き回しでしょ」

「お前、そりゃ……」

言い返そうとして、シリュウは口を止める。

「ま、色々あるってことさ。海だってそうだろ？　さっきまで凪《な》いでた海面が、荒れ狂うなんざ珍しいことじゃねぇ」

言って、彼女は遠い目をした——

「ん？」

というところで、その目に、なにかが映る。

海面ではない、空だ。

小さな薄い雲がいくらか浮かんでいる程度の青空。

そこに、尾を描いて走る光の線が見える。

「なんだありゃ？」

船乗りのシリュウにはわからなくて当然の話であった。

それは、発動中の高速転移魔法の軌道である。

「鳥じゃねぇな……おいおい待て待て待て、こっち近づいてねぇか!?」

そんな事情を知らない彼女でも、「ヤバさ」が分かるほど、それは船に迫っていた。

「総員、面舵《おもかじ》イッパイ!!　避けろ避けろ避けろ――――!!」

大急ぎで指示を飛ばし、回避を試みる。

しかし、時すでに遅かった。

「ダメー！　もう間に合わねー!!」

手下の悲鳴のような叫びの後、それは、激突――――否《いな》、爆着した。

「あいたたたたた」

爆発音を轟《とどろ》かせ、爆煙を巻き起こし、甲板に着地したのは、魔王のブルーであった。

ただし、今日の彼は、いつもの全身鎧《よろい》は身につけていない。

それどころか、角も尻尾《しっぽ》も隠している。

誰が見ても、人間の青年にしか見えない姿であった。

「う～ん、失敗しちゃったなぁ……メイくん、クゥくん、無事かい？」

魔王城での交渉決裂から三日後、ボストガルへの現地調査兼新婚旅行に赴くこととなったブルーたち一行。

移動日程を少しでも削るために高速転移魔法を使ったのだが、ただでさえ制御の難しい転移魔法、まだ体が癒《い》えきっていない今の彼では、無理が過ぎたのだ。

「まさか、二人とも海に落ちたんじゃ……!?」

軌道がズレて海に落ちそうになったところを、たまたま通りがかった船があったので強行着地したのだが、ともに移動していた二人の姿が見えず、ブルーの顔は青くなった。

「お探しのモノはコイツか？」

海風に流され、ようやく晴れてきた爆煙の切れ間に、クゥの姿が見えた。

「よかった、無事だったんだね……あれ？」

しかし、様子がおかしい。

クゥは真っ青な顔で震え、誰かに捕らわれている。

「よくも人の船にどえらい方法で乗り込んでくれたな!!」

クゥを捕らえていたのは、この船の主シリュウであった。

今更ながら、ブルーは周囲を見渡す。

甲板に大穴があき、船室どころかその下の船倉まで丸見えになっている。

船底を突き破って船を沈めなかっただけ幸運だった。

「こ、こいつらなにもんだ！」

「いきなりやってきて、甲板ぶち抜きやがって！」

「頭ァ、どうしますか!!」

そして、ブルーの前にいたのはシリュウだけではない。

彼女の手下たちが、手に手に武器を持って、取り囲んでいる。

「あのもしかしてなんだけど……あなた方は、その……？」

「おうよ、海賊さ！」

尋ねるブルーに、シリュウは怒声をもって返す。

「あちゃー……まいったなぁ」

「まいったじゃねぇ!!　まいったのはこっちだ!!」

緊張感のないブルーに、シリュウは怒鳴る。

「密航者でも、見つかり次第海に投げ込むのが船乗りの掟《おきて》……ましてやこんな形で乗り込んでこられたらねぇ、二度と陸に戻れるとは思うんじゃねぇぞ!!」

「いやそのあの、実はですね、転移魔法が失敗しちゃって、海に落ちそうになったところを、この船を見つけて緊急避難的な……」

なんとかことを穏便にすませようと説得を試みる。

「そう、遭難者の救助みたいな感じで、一つ丸く収めてはくれないでしょうか？」

「収められるかぁ！　どこの世界に空から降ってくる遭難者がおるんじゃい！」

「そうですよねー……」

しかし、ものの見事に失敗する。

相手が怒る理由もわかるだけに、言い返せなかった。

「お怒りはごもっともなので、ここは一つ、責任は僕が取りますから、連れのその子は許してくれないでしょうか？」

ならばせめて、クゥだけでも解放してもらえまいかと、交渉に移る。

「ほ～う、どう落とし前つけてくれるってんだい？」

「ええっと、まずは、船の修理費その他、金銭的な補償を行おうかと」

「それじゃすまないねぇ、こっちも伊達《だて》や酔狂で海賊してないんだ。こっちの顔に泥塗ってくれたんだから、相応のケジメはつけてくれないと」

海賊とは、海の武装勢力である。

そんな強面《こわもて》集団が、自分たちの城に等しい船に突撃をかまされ、船を壊されたのだ。

謝罪と賠償だけでは、ことは収まらない。

「そうだねぇ、アンタはこの船で最下層の船員として働いて、体で返してもらおうか。あの巻き取り機を一日中回す楽しいお仕事だ」

「あれは!? 奴隷が回していることでお馴染《なじ》みのアレ!?」

いくつもの横棒が付いた、大きな臼《うす》のような機構を、シリュウは指差している。

「錨《いかり》とか引き上げるときに使うんだよ」

「噂《うわさ》には聞いていたがアレが……」

ちゃんと実用性のあるものと知って、こんな状態だが、少しだけ感心してしまった。

「その代わり、このガキの方は勘弁してやるよ。どっかの港で解放するさ」

「う〜む……しょうがないか」

「そんな、ブルーさん、ダメですよ！ わたしなんかのために！」

条件を受け容《い》れようとしているブルーに、クゥは声を上げた。

「〝なんか〟なんて絶対に言わないでくれ。もしキミになにかあれば、僕は自分を許せない。それに、メイくんに殺される……」

いつもの軽口を叩《たた》くブルー。

だが、その思いは本心であった。

「よいしょっと」

——と、そんな緊迫したタイミングで、甲板に開いた大穴からメイが姿を現した。

「あ、メイくん。無事だったのかい？」

「無事だったかじゃないわよあんぽんたん！　おでこ打っちゃったじゃない」

ブルーの言葉に、ほっておけば三十分もあれば消えてなくなりそうな額の腫《は》れを見せるメイ。

彼女は、強行乗船の直前、クゥを庇《かば》った分、自分は船の最下層の船倉まで落ちていたのだ。

この程度の傷で済んでいるのは、人類最強の勇者ならではであった。

「ブルー、ちょっとコレ見てよ」

メイの手にあったのは、船倉の積荷の一つであった。

「これは……」

細長い瓶に詰められたそれを見て、ブルーは驚きの声を上げる。

「こらこらこら！　人の船の積荷を勝手に漁《あさ》んじゃねぇよ！」

二人がそれ以上話を進めようとしたところで、ほったらかしにされていたシリュウが憤慨し、声を上げる。

彼女からすれば、自分の船に突然乗り込んできて、勝手に積荷を漁られたのだ。

不満の声を上げても当然である。

「うっさいわね、なによギャーギャーと……ああン？」

だが、そこは傲慢《ごうまん》が服を着て歩いているような人生を生きているメイである。

不機嫌そうな顔で睨《にら》み返したところで、なにかに気づく。

「なんだとコラ……………ううン？」

それは、シリュウもまた同様であった。

「…………………」

「…………………」

両者、しばし見つめ合う。

「勇者のメイだあああああああ!?」

先に「思い出した」のは、シリュウの方であった。

悲鳴にも近い叫びを上げる。

「な、なんだと!?　勇者メイだと!?」

「あの〝銭ゲバのメイ〟!?」

「やべぇ逃げろ!!」

それまで、武器を構え、ブルーを包囲していた海賊たちは、我先にと逃げ出し始めた。

とはいえ海の上である。

逃げる場所などありはしない。

なので、ある者は海に飛び込み、ある者はボートに乗り込む。

とにかく、「メイからわずかでも遠ざかろう」と必死の形相であった。

「て、てめーら!?　逃げんじゃねぇ!?　海賊の誇りを忘れたかぁ!!」

シリュウが手下どもを怒鳴りつけるが、通じない。

海賊たちは完全に、パニック状態となっていた。

「メイくん……なにやったの、キミ?」

「え～っとねぇ」

尋ねるブルーに、メイは、「おとといの晩ごはん」を思い出すかのような軽さで語る。

「前にさぁ、わざと捕まって、海賊船乗っ取った話したっけ?」

「そういえばそういうこともあったたね」

「こいつら」

以前メイは、とある海域を渡る際、船を一艘《そう》チャーターする必要に迫られたのだが、その金をケチるため、わざと海賊船に捕まり、武力でその船を船員ごと占領したのだ。

魔王城に来る前にメイが行った、「武勇伝」の一つである。

「よくも、よくもまたアタイの前に現れたな……この悪魔め!」

わなわなと、シリュウは怒りに震えていた。

「なによ、恨みがましい目で見て」

「見るわ!　恨みの目で見るわ!!」

軽い態度のメイに、シリュウの怒りはさらに激しさを増す。

「よくも一か月もタダ働きさせやがって!」

船一艘《そう》を、船員込みで一か月も用いようとすれば、その経費はかなりのものである。

シリュウからすれば、大損害であったのだろう。

「はぁ？　人聞きの悪いこと言わないでよ、ちゃんと報酬はあげたじゃない」

「な、なにぃ!?　嘘《うそ》つくな！　なんももらってねぇぞ！」

しかし、責められてなお、メイの態度は変わらない。

「あげたでしょ？」

それどころか、ニタリと、相手を圧倒する不気味な笑みを浮かべる。

「アンタら全員、無事に解放してあげたでしょ～？　命より高いものはないはずよ」

「て、テメェ……!!」

傲岸《ごうがん》な物言いに、ビキビキと顔をひきつらせるシリュウ。

「ホントに、僕より魔王向きな性格しているよなぁメイくん……」

「メイさんすごい……」

二人のやりとりを、ブルーとクゥは呆《あき》れたような感心したような顔で眺めている。

ちなみに、捕らわれていたクゥは、どさくさに紛れてブルーが助け出した。

「知らない？　悪党には人権はないのよ。だからなにしてもいいの」

「あるわぁー！　悪党にも人権あるわぁー！」

「知るかボケェ！　真面目に働く人様の上前ハネようなんてふざけた連中が、ちょっと自分らがやられたからって被害者気取り？　一人前の口叩《たた》く前に、一人前の人生生きろ！」

挑発を続けるメイに、激怒するシリュウであったが、待ってましたとばかりにさらにメイは怒鳴り返す。

「言ってくれたな銭ゲバ勇者‼」

ついにブチ切れるシリュウ、もはや開戦のゴングは鳴った。

彼女は、手元の鎖を掴《つか》むと、巨大な錨《いかり》を引っ張り上げた。

「これこそ、海賊の必殺武器！　名槍《めいそう》〝タイリョウマル〟！」

それは、錨ではなかった。

錨にも見える、巨大な三叉《みつまた》の槍《やり》。

古《いにしえ》の伝説に伝わる、海神が有していそうなほどの大きな槍であった。

「あの時は油断していたが、今度はそうはいかねぇ……あれからお前に壊滅寸前にされた海賊団を立て直すのに一年以上かかったんだ！」

闘気をみなぎらせるシリュウに、応じるようにメイも拳《こぶし》を構える。

「あの時の恨み……今こそ汚名挽回《ばんかい》の時‼」

「ふん、雪辱を晴らそうっての？　かかってらっしゃい！」

かくして、戦いの火蓋《ひぶた》が切って落とされる。

「すごい、二人とも間違えてる！」

「言ってる場合ですか？」

「うん、多分言ってる場合なんだ」

緊張感のない感想をこぼすブルーに、思わずツッコむクゥであったが、それでもやはり、そう言わざるを得ない状況だった。

数秒後――

「秒って!?」

名槍《めいそう》タイリョウマルを砕き散らされ、甲板上に転がるシリュウの姿があった。

「アタイはどうやって負けたんだ!?」

倒された方が倒され方すら知覚できないほどの、圧倒的瞬殺であった。

「すごい、メイさん……素手の一撃で倒した……」

うろたえていたクゥも、どういう顔をしていいかわからず、ただ唖然《あぜん》としている。

「惚《ほ》れ惚《ぼ》れするくらい無敵だな彼女は」

ブルーが心配しなかった理由はいくつかあるが、その最大のものとして、メイは「剣を抜かなかった」のだ。

それはすなわち、「剣を使えば殺してしまうかもしれない」からと、一瞬で相手の力量を見切って、手加減のラインを定めたのである。

「勝てる相手かどうかもひと目でわからないヤツには、百ぺんやっても負ける気しないわね」

「チクショウチクショウ！」

悔しがるシリュウに言い放つメイであるが、これは決して嘲《あざけ》りではない。

今どき珍しい、「ソロの勇者」だったメイにとって、対する敵の強さを見切ることは、死活問題だったのだ。

なにせ、わずかでもそれを誤り、瀕死《ひんし》の重傷を負っても、誰にも助けを求められない。

「命は助けてやった」と、先程豪語したが、それもあながち増上慢ではないのだ。

その気になれば、「殺してしまう」もしくは「再起不能の大ケガをさせてしまう」ことにならないように、メイは細心の注意を払って、彼女の船を占拠したのだろう。

（戦闘に関しては間違いなく天才的なんだよなぁ、メイくん）

改めて、自分の妻の強さに惚れ惚れするブルーであった。

「ってなわけで……ちょうどいいからアンタ、このままアタシら乗せて目的地まで運びなさい」

「またかよー！」

「敗者に口なし！」

さらに、圧勝したついでに、今回も船を強奪し、交通手段の確保に成功する。

強く、そして強《したた》か、それが勇者メイであった。

「これで……無事ボストガルまで行けそうですね……」

「だねぇ」

終わりよければ全てよし、とばかりに、苦笑いを浮かべるクゥとブルー。

とはいえ、ブルーの転移魔法が本調子でない以上、船を得ることができたのは僥倖《ぎょうこう》であった。

「チキショウ……ん？　なんだい、アンタら目的地ボストガルなのかい？」

「はい、遠回りになるかもしれないんですけど、せめてボストガル行きの航路の船が発着する港までても、乗せていただけないでしょうか？　運賃はお支払いします」

話を聞いたシリュウに、クゥが申し訳なさそうに言う。

いくら相手が海賊といえども、さすがに力ずくで全て押し通すのは、善良な彼女には気が引ける話だった。

「いらねぇよ」

「あら、半端な情けは無用ってわけ？」

そんなクゥの好意を拒むシリュウをメイはからかうが、事情は少し異なった。

「ちげーよ、この船、最初からボストガル行きなんだ」

「そうだったの？　なんてこと、無駄な争いだったのね。戦いはいつもむなしい」

「やるだけやっといてよくそんな口叩《たた》けるなテメェ」

もはや怒る気力もないのか、メイの言葉に脱力し、シリュウはため息を吐《つ》く。

「なるほど、この船、ボストガル行きなわけね。なら、偶然ってことはなさそうね」

改めて、メイは船倉で見つけた〝あるもの〟を、ブルーとクゥに見せた。

彼女も決して、常にいつだってケンカ腰なわけではない。

相手が「そう対応するにふさわしいから」そのようにしたのだ。

「これって……！」

メイの出した瓶詰を見て、クゥが驚く。

小型のガラス瓶に、保存液に浸《つ》けられて納められていたのは、マンドラゴラであった。

「ボストガルまではまだ何日かかかるわよね。どういうことか説明してもらえる？」

たまたま大量にマンドラゴラを所有していた――などという言い訳は通用しない。

この船は、人類種族領での、マンドラゴラ交易の窓口港である、ボストガルに向かっている航海の途中だった。

「アンタら……まさか……密輸船なんじゃないの？」

「ぐっ………!?」

メイに問われ、言葉に詰まるシリュウ。

わずかに目を泳がせるも、これ以上どう言い繕《つくろ》っても逃げ切れないと判断したからか、観念し、話し始める。

「海賊ったって、好き勝手に船襲って略奪強奪するんじゃないよ。大抵はケツ持ちの国がいる」

それを聞いて、クゥは尋ねる。

「ケツモチってなんですか？」

「海賊行為に許可を出す国のことさ」

「え、でも……」

質問の答えに、困惑するクゥ。

どこの世界に、泥棒に盗まれることを許可する国があるというのか。

「許可って言っても、自分の国じゃない。他所《よそ》の国の船を襲っていいって許可さ」

「そんなの、許されるんですか！」

「どこの国も似たようなことやっているからねぇ」

驚くクゥに、シリュウはおかしそうに笑う。

海というのは、陸の人間が思っている以上に、広くて大きい。

法で取り締まろうとすれば、莫大《ばくだい》な金がかかる。

それこそ、被害額以上に。

「その国の船以外を襲っていいってことは、その国の船は襲わないってことさ。その代わりその国の港で補給や整備ができる。そういう取引が成立しているのさ」

自由気ままに見える海賊とて、メシも食えば水も飲む。

寄港地がなければ、海賊行為自体が不可能。

両者の利害が一致した結果が、「海賊許可」制度なのだ。

「なるほど……本来は、自国の船に海賊行為を働かせないためのものだったんですね」

「飲み込み早いねお嬢ちゃん、そのとおりさ」

言っていることを素早く理解したクゥに、シリュウはニヤリと笑う。

「補給してやるから、ウチの国の船を襲うな、そういう取引状が、いつのまにやら、『他所の国を襲うのはＯＫ』になっちまったのさ」

人類種族領の国々とて、一枚岩ではない。

対魔族の戦争では連合を組んだが、人類同士で戦争もしているし、商売敵の国同士もある。

「そのうち、海賊けしかけて、海上輸送ルートを寸断する国も現れてな」

「そういうものなのか」

興味深そうにブルーがうなずいた。

一応、千年近く統一国家な魔族では、現れにくい考えなのだろう。

「そもそも狭い意味での海賊仕事は、実はあんまり多くないんだ。昔はともかく、最近はな」

「意外ですね、他にはどんなことをされるんですか？」

「一番わかり易いのだと、輸送船の護衛や、水先案内人だね。戦争が起こったときに、傭兵《ようへい》的に雇われるときもある。自分たちで商売だってするさ」

「商売もするんですか？　思ったよりも堅実なんですね」

クゥは内陸部の、それも山村の生まれなので、どうしても「海を拠点に生きる者たち」のイメージが乏しかった。

「そりゃそうさ。例えば、海賊仕事して、積荷を奪っても、それを現金化しなきゃいけねぇだろ？　そうなると自然、商売取引をしなきゃいけない」

「そうなんですね」

「海賊ってのは、『どこの国にも属していない、海上を拠点とした武力を保つ商人』ってのが、一番実態に近いのさ」

ただの無法者ではなく、海を根城としたスペシャリスト——己をそう誇るように語るシリユウであったが、そこにメイが水を差す。

「でも、それが常に合法とは限らない。だから密貿易もやるってことでしょ」

「からむねぇ」

途端に、不愉快な顔に変わるシリュウ。

「マンドラゴラは超高額で売れる。同じ重さの黄金と同じくらいにな。しかし、一つ問題がある。なので、闇《やみ》取引をせざるを得ないんだ」

「どういう理由よ」

売買が禁止されているのなら密貿易も理解できるが、マンドラゴラの交易は、国家連合も認めている。

だからこそ、魔族領でも交易品として栽培したのだ。

「…………」

「そっちのお嬢ちゃんが気づいたみたいだね」

クゥの表情を見て、ニヤリと笑うシリュウ。

「関税、ですか？」

「御名答」

そして、出てきた答えに正解を出す。

「そう、関税対策。あれがデカイんだよ」

「魔族領でも、決して無関係ではなかったね」

「なるほど。非合法品ならともかく、正規品を密輸するとすれば、他に理由はないですものね」

シリュウにブルー、そしてクゥの三人が、それぞれ「わかるわかる」とばかりに腕を組む。

「…………」

だがただ一人、メイだけが取り残されていた。

「メイくん？」

「うみはひろいなおおきいな」

尋ねるブルーに、メイは少し涙をにじませつつ、船の桟に身を置き、水平線に思いを馳《は》せていた。

「知らないことは知らないと言うのも勇気なんだよ」

そんな彼女に、静かに諭すように告げるブルー。

勇者が、魔王に勇気のなんたるかを語られている、残念この上ない光景であった。

「関税っていうのは、輸出や輸入の際にかかる税金なんです」

「え、そんなモンにまで税金かけてんの、あの天使!?」

仕方なく、いつものようにクゥが解説するが、その途端、メイは意外そうな声を上げる。

「いえ、この関税は、国同士の間でかけるものですから、天界のゼイホウとはまた異なるんです」

世界の根幹をなす絶対の掟《おきて》〝ゼイホウ〟は、地上の民と天界との間だけに結ばれているのではない。

税は様々な国家に納められ、その国家の「収入」として、税率が課せられた後、天界に納められる制度になっている。

ゆえに、天界ではなく、地上の国家が定めた税金も数多く存在する。

ただし、その制定も、全て〝ゼイホウ〟に則《のっと》ったものである。

「ホントややこしいわね税金って……なんでそんなものかけるのよ、うっとおしい」

「でも大切なんです。例えば、メイさんがAの国で、りんごを作っていたとしますね？」

「いつもわかりやすいたとえ話にしてくれてありがとう……」

税制度とは、「金の流れを正しく調整する」ためのものでもある。

ゆえに、関税制度もまた、必要であるがゆえに制定された。

不愉快な顔で頭を掻《か》くメイに、クゥはいつもの調子で解説を始める。

「となりのBの国はりんごがあまり採れません。そこなら倍の値段でりんごが売れます。どうします?」

「そりゃ売りに行くわよ、高く買ってくれるところに売るのは基本でしょ」

当然とばかりにメイは答える。

「りんごが一個100イェンなら、隣の国なら200イェンで売れるわけですよね」

「大儲《おおもう》けね」

「でも、隣の国のりんご農家の人も、りんごは一個200イェンで売っています。より売れるようにするにはどうします?」

「そーねー、100イェンで売っても儲けは出るわけだから、ちょっとくらい値下げしても儲かるわけなんだし、150イェンくらいに値下げするわね」

「それを防ぐためです」

「なんで!?」

物を売れるようにするために価格を下げる。

まっとうな商売の基本と思っていただけに、意外な反応に声を上げるメイに、ブルーが言う。

「だって、そんなことをされたら、Bの国のりんご農家は商売にならなくなる。みんな安い方を買ってしまうからね」

「え〜、だって、でも！」

それでもまだ納得ができないメイ。

商売ができなくなる、というのなら、それはその農家の責任で、客は関係ないのではと思ってしまう話だ。

だが、ことは単純ではないことを、さらにシリュウが説明する。

「じゃーよー勇者よ。その隣の国のりんご農家がみんな潰《つぶ》れて、自分の国のりんごがなくなったから、『300イェンでもいいからりんご売ってください！』って言ってきたらどうする？」

「はっ、何言ってんのよ、立場の違いわかってないんじゃない？　最低でも400イェンね！　嫌なら他所《よそ》に行けば？　あればの話だけどね！」

「おめーみてーなやつを防ぐためなんだよ」

「わー!?」

これが、関税が必要な理由であった。

海外から安価な輸入品が大量に流れ込めば、国内の産業が滅ぶ。

そうなれば、競争原理は働かなくなり、価格は高騰、もしくは品質の低下が始まる。

「あと自国民を守るためでもありますね」

「え～、どーゆーこと？」

さらに続くクゥの説明に、メイはまたしても首を捻《ひね》る。

「例えばメイさん、メイさんがりんごを百個持ってたとして、他所の国から全部売ってくれって言われたら、どうします？」

「そりゃ高く買ってくれる方に売るわよ、こっちだって商売なんだから。欲しかったらそっちもそれ相応の代金払えって話よ」

「そういう人を防ぐためでもあるんですよ」

「わ――――!?」

またしても自分自身で関税の必要性を証明してしまったメイは、驚きの声を上げた。

関税は、輸入だけでなく、輸出にもかかる。

それも、高く売れる国外にばかり運ばれて、国内の市場が崩壊することを防ぐためなのだ。

「関税は、自国の市場と、他国の産業を壊さないようにするためのストッパーでもあるんです」

輸出先の産業が滅べば、市場が独占され価格が高騰する。

逆に、輸出先で高く売れすぎれば、輸出元の国の市場価格も高騰する。

市場原理に「任せすぎ」ても、健やかな経済活動にはならないのだ。

「関税を設定しておけば、その関税分を回収しなければならないので、簡単に安い価格では売れなくなります。そうすれば、もともとその国で販売されていた商品と、価格差も抑えることができるんです」

「なるほど……これはこれで、必要なものなのね」

ようやく納得したメイであった。

「実際に、その昔、関税自主権——自分たちで関税を設定する権利を、事実上放棄した国があったそうです」

「どう、なったの？」

問いかけるメイに、クゥは苦い顔をする。

「その国は、輸出はすれど、輸入をほとんどしていなかったこともあり、物資がどんどん国外に流れ、深刻な値上がりが発生し、お金のない人は、パンを食べることも難しくなったそうです」

「ひどいわね……」

メイに経済のことはよくわからない。

しかし、その日の食事にも困る暮らしの苦しみはわかる。

「じゃあさ……」

だからこそ、現状の問題を再認識する。

「密輸入しているってことは、アンタら悪じゃん！」

今、現在進行形で密輸をしているシリュウを指差す。

しかし、当のシリュウは、「わかってねぇなあ」とばかりに首を振った。

「マンドラゴラの関税はクソ高くてな。当然、販売価格も吊《つ》り上がる。買えるヤツは限られる。だから密輸品の出番ってワケさ」

関税の趣旨は理解できるが、結果として価格の上昇は避けられない。

非合法な手段で輸入すれば、関税がかからない分、多少安くしても儲《もう》かるのだ。

「どれだけ高く売れても、高すぎたら金持ちしか買えねぇ。そこそこの金持っているやつでも買えるくらいにしたほうが儲かる」

「海賊相手に法を問うのもナンセンスな話だけど……それバレたらヤバいでしょ」

「まぁ役人どもには追われるけど、それも通常営業だからな」

メイに言われるも、シリュウは平然とした顔で、むしろ笑いながら返す。

「いやそれもあるけど……」

問題は、もっと別のところであった。

「エルフ族がこのこと知ったら、アンタたちタダじゃ済まないわよ」

彼らは、魔族領産の人工マンドラゴラを、「健全な市場を乱す粗悪品」として、販売を停止させようとしている。

そのエルフ族からすれば、密輸品の横行など、許しがたいものであろう。

「…………」

「なによ、変な顔して」

だが、それに関して、シリュウは複雑な表情を見せる。

まるで、「どう話したものか」と悩んでいるかのようだった。

「……ここだけの話だぜ？」

言いにくそうに、純粋な事実のみを告げる。

「このマンドラゴラの密輸は、エルフ族と共同でやってんだよ。そうじゃなきゃ、海賊相手にあいつらが品を卸してくれるわけねーだろ」

「「「え!?」」」

一同は、驚きの声を上げる。

エルフが関税のがれのための密輸入を、率先して行っていた。

それは、予想外の事実であった。

数日後、メイたち一行は、ボストガルの港に到着する。

他種族からの窓口港があり、人類種族領でも有数の交易国家。

港は様々な国から来た人々で溢《あふ》れかえり、盛況の中にあった。

しかし、その盛況さに反して、メイたちの顔は曇っていた。

「う～む」

シリュウの海賊船を降り、町を歩きながら、ブルーはこぼす。

「さて、これからどうしたものかね」

船中で、海賊シリュウから知った事実。

エルフ族は、マンドラゴラの密貿易を行っている――

「考えるまでもないわよ。あのエルフたち、澄ました顔して悪どいことやってたってことでしょ？」

メイが、腹立たしげに言う。

「なにが市場の健全化よ！　密貿易でアコギに稼いでたんじゃない！」

先の会談で、ブチギレてしまい交渉を決裂させてしまった罪悪感を抱いていただけに、その反動もあって、メイの怒りはかなりのものであった。

「本当に、そうなんでしょうか……」

だが、クゥの意見は少しばかり違った。

「なによ？　もしかして……密貿易しても儲《もう》からないとか、そういう話なの？」

やや不安げな顔で、メイは尋ねる。

ここしばらく、経済や税制に関わる話は、彼女が「常識」と思っていたことが、ことごとく覆ってきた。

この日も、同様のことが起こったのではないか、そう考えた。

「いえ、利益は出ると思います。ですが、そのためには、正規品のマンドラゴラが高額である必要があります」

正規品が、関税が価格に転化されることで高額化してこそ、関税のかからない分安くなる密輸品が求められるようになる。

しかし、その前に一つ疑問が残る。

「ただそうなると、肝心の高額なマンドラゴラが、密輸品のせいで売れなくなるんです……デュティさんはなにを考えているんでしょう……」

エルフ族の代表であるデュティが、魔族領産のマンドラゴラが流通することで、市場が乱れることを嫌っているのは真実だろう。

魔族領のマンドラゴラは、品質は低い分、大幅に価格が安いからだ。

「市場の暴落を恐れるのに、自分たちで密輸を主導……つじつまが合わないんですよ」

「まだなにか裏があるってこと?」

「おそらく」

メイの問いかけに、クゥは真剣な表情で返す。

まだ情報が必要であった。

調査をはじめたばかり、ボストガルにたどり着くまでだけで、魔王城内ではわからなかった事実が明らかになったのだ。

「なにがあるんでしょう、この街に」

大通りから溢《あふ》れんばかりにごった返す人混みに、底知れない事態の闇《やみ》を感じ、クゥの頰《ほお》に汗が一すじ流れた。

「本腰を入れて調査する前に、拠点を見つけなきゃね」

クゥの緊張をほぐすように、ブルーが肩を叩《たた》く。

一日二日の話では終わらない。

しっかりと休息の取れる宿泊場所の確保は最優先である。

「宿屋ねぇ……アタシ、この街は来たことないから、いまいちわかんないのよね」

「僕もだよ、交易都市だから、宿屋はたくさんあるんだろうけどね」

かつて勇者として世界中走り回っていたメイ。

個人的事情で、人類種族領にまで足を延ばしていたブルー。

しかし、大陸の全てに、津々浦々まで精通してるわけではない。

「どっかいい宿ありませんかねぇ」

ましてや、山間《やまあい》の里で生まれ育ったクゥには、見当もつかない。

あてどもなくしばらく大通りを進んでいると、ぷぅんと、香ばしい香りが鼻に入ってくる。

「あのさぁ……宿屋探しもいいんだけど、その前に腹ごしらえしない？」

口端によだれをにじませながら、メイが言う。

大通りの左右には、大小様々な屋台が並んでいる。

ボストガルだけではない、様々な地方や国の特産品や民芸品、そして見たこともない料理を売っている屋台がある。

そこから漂ってくる香りは、たいへん食欲をそそるものであった。

「あの海賊船の食事、あんまり美味《おい》しくなかったのよねぇ」

「そんなこと言ったら、シリュウさんに悪いですよ」

ため息をつくメイに、クゥは言う。

船の上の食事は、多くの制限がある。

足の早い食材は早めに使い、水や薪《まき》は節約し、同時に栄養バランスを整えねばならない。

味は二の次どころか、三の次、四の次なのだ。

「その割りにはメイくん、毎食三杯お代わりしてたよね？」

「それはそれよ」

ブルーの冷静なツッコミにも、メイは悪びれることはない。

ちなみに、遠慮の欠片《かけら》もなく食いまくったメイに、シリュウは食事のたびにこめかみに青筋を浮かべていた。

「ん、この香りは……あら、串焼《くしや》き団子じゃん！」

屋台の一つに目を留めたメイ、嬉《うれ》しそうな声を上げる。

「アタシの故郷の方の料理よ……さすが交易都市ね、こんなのまで売ってるなんて」

メイの故郷は、大陸でも内陸部に位置する「海なし国」の一つである。

おそらくそこから移住してきた者が屋台を営んでいるのだろう。

「行きましょ行きましょ！　久しぶりにガッツリ食べたい気分なのよ」

「やれやれ」

いいながらも、ブルーは微笑《ほほえ》ましそうに笑う。

「そういえば、わたしもお腹へっちゃいました」

そして、クゥも釣られたように笑顔となり、ともに屋台に向かう。

「おっちゃん、串焼き団子三つね！」

勢いよく、メイは屋台のオヤジに注文する。

串焼き団子は、名の通り、串に刺した団子を焼いたものである。

そこに、甘く似た豆のペーストを塗り込んだもので、いかにも庶民のおやつといった感があった。

「悪いねぇ姉さん、もう品切れでさ」

「は!?」

久々の郷土の味を楽しもうとしていたメイであったが、そこに冷水を浴びせられた。

「なんでよ、いっぱいあるじゃない！」

屋台には、まだ何本もの串焼き団子《くしや》が積まれている。

その匂《にお》いに惹《ひ》かれたからこそ、ここに来たのだ。

「それがねぇ、今しがた、そこの人に買われちまってね」

「誰よ、買い占めはダメ絶対よ！」

オヤジが指差す先に、にらみつけるように目を向ける。

「え？」

そして、そこにいた人物を目にして、メイは驚きに目を見開いた。

「おや？　奇遇ですね」

「出た――――!?」

そこにいたのは、百戦錬磨の人類最強の勇者なメイですらかなわない、ある意味で最恐の存在、税天使のゼオスであった。

「ぜ、ゼオスくん!?」

「ゼオスさん！　なんでここに？」

追いついたブルーとクゥも、彼女の姿を見て驚く。

背中の翼はないが、間違いなくゼオス・メルであった。

「な、なによ……またなんか、なんか税金取ろうとしてんの!?」

今までのことがあるだけに、怯《おび》え、すくむメイ。

「なにを言って……もぐもぐ……るのですか？　もぐもぐ」

「ゼオスさん……あの、それは？」

恐る恐る尋ねるクゥ。

ゼオスの態度はいつもと同じ、冷静かつ冷徹、そこに全く変わりはない。

しかしこの日この時は、それが余計に異彩を放っていた。

「串焼き団子です。美味《おい》しいですよ」

彼女の手の中には、食べ切れそうにないほどたくさんの串焼き団子があった。

「キミは、その……好物なのかい？」

面食らった顔のブルーが問う。

天使も、必須かどうかはわからないが、食事をとる。

督促天使のイリューなど、魔王城を訪れるたびに、お茶とお菓子を満面の笑みで楽しむほどだ。

だから、ゼオスがなにかを食べていること自体はおかしくないが、ここまでわんぱくに食べている姿は、彼女の普段のイメージからずいぶん遠かった。

「昔、食べたことがありまして……懐かしさもあって手に取ってしまいました」

「ほ、ほう？」

言いながらも、そんなレベルではない本数を、すごい勢いで口に入れていくゼオスに、ブルーはリアクションに困った。

「ううう〜………」

「なんです？　恨みがましい目で見て——ああ」

メイの視線に、ようやく、ゼオスは自分が買い占めてしまったことに気づいた。

「横取りしてしまいましたか……よろしければお分けしましょう」

「え、いいんですか？」

少し驚いた顔のクゥ。

それは決して、ゼオスが「人に物をおごる」ことが意外と思ったからではない。

それ以外の理由があるのだ。

「いいの？　それ、〝リエキキョーヨ〟ってのになるんじゃないの？」

少しだけ意地悪そうな顔で、メイが言う。

税天使ゼオスは、絶対神の使い故に、絶対の公平を課せられている。

特に、調査対象から、金銭や物品を受け取ることは禁じられている。

以前、彼女は魔王城内でメイたちとともに食事をとったことがあったが、その後クゥが帳簿を確認したところ、いつのまにか、その分に相当する代金が振り込まれていた。

「アンタはアタシらからモノもらえないし、アタシらにモノをくれることもできないんでしよ？」

そのことを聞いていたメイは、ちょっとだけ、いつもルールに厳しい彼女の揚げ足を取れると思ったのだ。

だがしかし、返ってきた返事は、至極クールなものだった。

「問題ありません。調査対象者ではないのなら、これはただの私的行為ですから」

「え？　それって……」

その言葉の意味するところを、クゥは素早く理解する。

ゼオスは、天界からの徴税人として、地上の民の納税を監視するのが仕事。

メイやブルーら魔王城は、納税態勢に問題があるとして、以前のゼイムチョウサ以降も要注意者リストに入れられてしまっている。

「今回は、わたしたちの調査じゃないんですか？」

私的行為――ということは、今回のゼオスの降臨は、魔王城の税務に関することではないということである。

なので、自分の串《くし》焼《や》き団子も分けることができるのだ。

「私も私で、いろいろ仕事を抱えています。あなたたちの相手ばかりしていられません」

「それはそれでムカつく言いようね」

ターゲットでないことに安堵《あんど》しつつも、例によってのクールな返しに、メイは複雑な顔になる。

「まぁそれでも、もらえるもんはもらっとくわ、ありがと」

それとこれとは話が別とばかりに、串焼《くしや》き団子を受け取り、大口を開けて食らいつく。

「うん、これこれこれ！　なんてーかなぁ、なんか隙間《すきま》にピッタリハマるようなこの感じ！　懐かしい！」

「…………」

笑顔で頬張《ほおば》るメイを、ゼオスは含みのある目で見る。

「なら、今回はどんな調査なんです？」

「申し訳ありませんが調査内容に関して、無関係な方にお話しすることはできません」

「ですよね……」

ゼオスの返答に、クゥはバツが悪そうな顔になる。

このような事例に関わる者には〝守秘義務〟が発生する。

それは天使であろうが、人類種族であろうが変わらない。

〝ゼイリシ〟である自分にとっては、常識である。

「ついうっかり……えへへ」

それでも思わず聞いてしまったのは、いつのまにかゼオスに対して、気安さを覚えてしまい、当たり前の世間話の感覚で、接してしまったからだった。

（距離感、間違えちゃったかなぁ……）

要は、ゼオスに親しみを覚えていたからこその失態で、いつもと変わらぬゼオスの態度に、クゥは恥ずかしいような、寂しいような気持ちになった。

「ボストガルには今着いたところで？」

「あ、え、はい！」

少しだけしょんぼりしていたクゥに、ゼオスは、それこそ「世間話をするように」話しかける。

「宿はもう決まっていますか？」

「いえ、まだ……不慣れな土地なので……」

愛想笑いを返すクゥ。

「そーだ、ちょうどいいわ。あんたいい宿屋知らない？　天使なんだからそこらへんわかるでしょ？」

そこに、一切遠慮なく、メイが入り込む。

「メイくん、なんで天使だと宿屋に詳しいんだい？」

「え〜、だってこの天使、すんごい長生きなんでしょ？　なら色々知ってそうじゃん」

ゼオスの年齢がどれくらいなのかは、メイたちは知らない。

しかし、ブルーの先祖である、初代魔王の頃にも税務調査で降臨した記録がある。

少なく見積もっても、千年は生きているのだ。

「だからって……そんなの聞くのは失礼ですよ、メイさん」

先程の、「拒まれた」ように感じた心の引っかき傷がまだ生々しいクゥは、そう言ってメイを引き下がらせようとした。

「そうですね、あの角を曲がり、三本先の道を二ブロックほど行ったところにある、四つ葉亭という宿屋がおすすめです」

「え？」

だが、クゥの予想に反して、ゼオスは至極あっさりと、「おすすめの宿屋」を教えた。

「では、私はこれで、仕事がありますので」

言うべきことは言ったというように、ゼオスはその場を立ち去る。

今日のゼオスは、背中に翼がなかった。

魔王城のようなケースならばともかく、今回は「天使であること」を隠さなければならない案件なのかもしれない。

もしくは、町中で買い食いをするのに邪魔だったからという可能性もあるが……

「ホントに教えてくれたわね、アイツ」

自分で聞いておきながら、拍子抜けしたような顔になるメイ。

「素直に考えましょうよ。ゼオスさんはいい人なんですよ」

一方、クゥの方は、どこか嬉《うれ》しそうな顔になっていた。

「さて、では天使様のお導きにしたがうとするか」

ブルーがそう言うと、一同は、天使おすすめの宿屋「四つ葉亭」に向かって歩みだした。

「…………」

ふと、クゥは大通りの向こう、ゼオスが去っていった方向を見る。

(ホントに、偶然なのかな？)

少しだけ、そんなことを思った。


——クゥたちがその場を立ち去ってしばし。

「………………」

何者かが、彼女らの動向を見つめていた。

「ふふ……」

それは、なにかに納得したように笑うと、その姿を消す。

クゥ・ジョは気づいていなかった。

彼女が感じた、ふんわりとした、違和感。

なにか、不安を覚えるような感覚の原因こそ、この者であったことを。

第三章

市場調査は突然に

しばし後、一行はゼオスの導きに従い、宿屋四つ葉亭に到着する。

「あんれまぁ、遠いところからよく来たねぇ。いらっしゃいいらっしゃい」

現れたのは、朗らかな笑顔の老婆――四つ葉亭の女将《おかみ》であった。

「座って座って、さぁさぁ、お茶でもお淹《い》れいたしましょうかね」

四つ葉亭は、大通りから離れた立地ではあるものの、逆に喧騒《けんそう》から免れた適度な静けさにある、小さな宿屋であった。

「ふぅん、あの天使、けっこういいとこ紹介したじゃない」

小さくはあるが、隅々まで手入れがされており、貧相さはない。

旅慣れているメイも、納得の構えであった。

「はいはいどうぞどうぞ、疲れたでしょう」

老婆がお盆にお茶を載せて戻ってきた。

旅に疲れた者にとって、まずは体を休めたいのが人情。

宿泊手続きに入る前にひと休みさせる気遣いを、老女将は見せていた。

こういったもてなしの心は、金をかければいいわけではない。

長い年月営んできた積み重ねが、自然に身についたからこその仕草なのだ。

「はぁ～、落ち着くわぁ」

宿屋のロビーにあるソファに腰を落ち着け、ひと息吐《つ》くメイの姿が、老女将の仕事の丁寧さを、なにより証《あか》していた。

「それで、宿泊はお三人さんでいいのかい？」

「うん、三人用の――」

メイが、三人用の部屋を注文しようとしたところで、クゥが口を挟んだ。

「いえ、二人用と一人用、合わせて二部屋でお願いします」

「え、なんで？」

一瞬、疑問を浮かべるメイであったが、すぐに理解する。

「ああ、そうよね～。うら若き乙女二人とヤローを同じ部屋にはできないわよね」

そして、からかうような眼差《まなざ》しを、ブルーに向ける。

「ええ～……ひどい言われようだなぁ。まぁでも、そうすべきだね」

困った顔をしつつも、ブルーはメイの意見を受け入れたが、クゥの提案の意図はそうではなかった。

「いえいえ、ブルーさんとメイさんが同じ部屋ですよ。一人部屋はわたしです」

夫婦は同じ部屋で、自分は邪魔しないように個室でという「配慮」であった。

「クゥ……そういう気の遣い方いいから……」

今度はメイが困った顔をする番であった。

「気を遣わなくていいという気遣いがいらない時があるんですよ」

困惑しつつも、耳まで赤くなっているメイに、クゥは言った。

「うー……」

今回は、クゥの勝ちであった。

なんのかんの言っても、二人は新婚夫婦なのだ。

しかし、魔王城は多くの魔族でごった返し、二人きりで過ごせる時間というのは、意外と少ない。

せめて旅先ででも、穏やかな時間を過ごしてほしいという、クゥの願いだったのだ。

「おやまぁそういうことかい。じゃあ、一番いい部屋を用意してくるよ、ちょっと待っておくれ」

さすが、接客業のベテランだからか、老女将《おかみ》は微笑《ほほえ》ましそうに言うと、客室の準備を整えるべく上階に向かっていった。

「さて、では明日からのことなんですが」

フロアに、自分たちだけになったのを確認してから、クゥは話し始める。

「さしあたって、わたしはボストガルの交易体制と、マンドラゴラ貿易に関して調べ直します。そのために、公関係の機関に向かおうと思います」

貿易局や、商工取引所など、行くべきところは山ほどある。

「そうなると、朝は早くなりそうね」

これらの機関は、夕方……下手すれば昼過ぎには閉まってしまう。

さらに、様々な資料閲覧の許可を得るまで待たされることが多い。

早めの行動が肝心なのは、メイも理解していた。

「いえ、行くのはわたしだけです」

「え?」

だが、クゥはメイの同行を断る。

「何言ってんのよ、アタシ、一応アンタのボディーガードって名目で来ているのよ」

てっきり、自分もクゥとともに、それらの機関に赴くのかと思ったのだ。

「大丈夫です。ここに来るまでにあちこち見ましたが、ボストガルは治安もいいみたいですし、わたし一人でも問題ありません」

「だけど……」

「いいじゃないか」

なおも案じるメイであったが、ブルーはそんな彼女の肩に手を置き、任せることを勧めた。

「クゥくんは僕らが思っているよりずっと頼りになる。彼女が〝できる〟というのなら、それは〝できる〟ことなんだ」

すでに、クゥは魔王城の財務一切を取り仕切り、時に他国との交渉も単独でこなしている。

もしかして、ブルーが魔王として即位してから、最も彼が信頼する人物かもしれないのだ。

「わかったわ……でも、無茶や無理したらダメだからね？　なんか嫌なことされたら言うのよ？　すぐにぶっ飛ばしに行くから！」

しぶしぶと承諾するメイ。

彼女にとっても、クゥは大切な友人であり、仲間であり、家族も同然なのだ。

「はい！」

二人の信頼と思いやりが嬉《うれ》しくて、クゥは幸せそうな顔で応じた。

「じゃあ……その間、アタシらはなにしてればいいの？　さすがに遊び歩くわけにはいかないじゃない？」

今回のボストガル視察は、時間制限がある。

エルフ族のデュティが、ボストガル政府に働きかけ、魔族領産のマンドラゴラ交易を不認可とする前に、彼の行動を止める材料を見つけ出さなければならないのだ。

無駄にできる時間はない。

「はい、明日は一日、町を遊び歩いてください」

「なんで!?」

だが、返ってきたクゥの指示は、想像に反するものだった。

「せっかくの新婚旅行なんですから。二人でいろいろと見て回ってきてくださいよ」

「クゥ、それは……だから……」

メイの顔が再び赤らむが、前と全く同じではなかった。

「アンタの気遣いは嬉しいけど、今はそれよりもやらなきゃいけないことあるでしょ？」

クゥばかり働かせ、自分たちがなにもしないでいられるほどの余裕はないはずだ。

しかし、そんなことは、この聡明《そうめい》な〝ゼイリシ〟クゥの想定の範囲であった。

「貴族や王族の方が利用する高級店や、一般の方が利用する市場や商店などを、観光客のふりをして見て回ってきてください。マンドラゴラが、人類種族領の市場において、どのように販売されているか、その実態を調査してきてほしいんです」

「なるほど、そういうこと」

観光客のふりをして、ついでに観光も楽しんできたらいいという、一石二鳥の提案だった。

「ああいったお店は、一見さんは警戒されます。しかし、観光客としてなら、それも緩みます」

「さすがクゥくんだな。しっかり僕らを働かせてくれるようだ」

彼女の提案に、ブルーも笑顔で応じた。

「それも新婚さんの旅行風なら、怪しまれることもないですしね」

ブルーの今の姿は、いつもの全身甲冑《かっちゅう》姿からは想像のできない、「貴族の三男坊」テイストな、いかにもなおぼっちゃんな外見。

角や尻尾《しっぽ》は隠しているので、魔族にも見えない。

怪しまれることはまずないだろう。

「ただ、メイさんはいつもの格好じゃないほうがいいかもです」

「え、これダメ?」

「もうちょっとこう、貴婦人っぽい感じで」

メイは基本的に、動きやすさ優先の服装である。

「え～、それきっついわねぇ」

クゥの要請に、メイは困惑する。

「旅慣れている感じだと、警戒されるかもしれないので……ダメですか?」

「だってアタシそういうの似合わないわよ、元がダメだし」

「「え?」」

茶化すように笑うメイであったが、クゥとブルーは、意外そうな顔になった。

「な、なによ、アンタたち……真顔になって」

「いや、メイさんは、普通に美人さんですよ」

「うん、キミはああいう服装も十分似合うと思うよ」

クゥとブルーの顔と声に、お世辞やおべっかの色は欠片《かけら》もなかった。

「ちょ、アンタたち!?　そういうのやめてよ～」

「正直な感想です」

「うん」

なおもごまかそうとするメイだが、二人はやはり、心からの本音で返した。

「いや、その、まぁ……えっと……」

メイは勇者である。

今の今まで、戦いの中に生きてきて、決してそれ以外に興味を持たなかったわけではないが、「自分を飾る」ということに無頓着《むとんちゃく》だったのは事実だった。

「まぁ、その、善処するわ」

照れくさそうに目を背け、メイは承諾した。

「おまたせしましたねぇ、お部屋の準備が整いましたよ」

そのタイミングで、ちょうど宿屋の主である老婆が、ロビーに戻ってきた。

その日はまずは体を休め、ボストガル到着一日目は幕を閉じる——


そして、二日目——

ブルーとメイは、クゥに遅れること数時間後に、宿屋を出ることになった。

理由の一つは、クゥの目的である公的機関の受付時間が早いから。

もう一つは、貸衣装屋の到着を待っていたからである。

「おまたせしましたねぇ、旦那《だんな》さん」

〝市場調査〟のために、貴婦人っぽい格好をすることを要求されたメイ。

彼女のための衣装が運ばれ、宿屋の老女将《おかみ》の手を借りて、着付けが終わったところである。

「どうだいメイくん、着心地は？」

部屋の外で待っていたブルーは、ドア越しにメイに話しかける。

「うっごきにくいったらありゃしないわね！」

返ってきた返事は、照れ隠しもあるのだろう、いつもより棘《とげ》が鋭かった。

「まぁまぁまぁいいじゃないの、よくお似合いよ」

老女将にいざなわれ、しぶしぶというふうに出てきたメイ。

まとっていたのは、光沢のあるシルク地の薄いピンクのドレス。

多くのフリルに飾られ、ふわりと広がったスカートは優雅さを醸し出している。

「…………」

その姿を見て、しばしブルーの動きが止まる。

「なによ、笑いたきゃ笑いなさいな。こういうガラじゃないってことは、アタシが――」

一番よくわかっている――そう彼女が続ける前に、ブルーは、思わず漏れ出たように、言葉を放つ。

「キレイだなぁ」

「!?」

「いや、その、いつもの姿も、凛々《りり》しくて好きだけど、よく似合っているよ。すごくキレイだ。びっくりしたよ」

それは、決してお世辞ではない。

純粋な感想であった。

「…………いや、あの、えっと」

面と向かって褒《ほ》められ、返す言葉を失うメイ。

彼女は知っている。

伴侶《はんりょ》である彼が、口先で相手をおだてるような性格ではないことを。

「ドレスに全然負けてない。むしろドレスが従えられている。うん、素晴らしい」

「………」

素晴らしいから、素晴らしいとしか言わない。

それが十全に伝わるからこそ、よけい照れくさく、メイは真っ赤な顔でうつむいた。

「あ………」

そして、しばし経ってから、ブルーは気づく。

(褒めすぎた……)

メイは、自己の容姿や、いわゆる「女らしさ」に気を回す方ではない。

褒め称《たた》えられても、それがポジティブな形で受けいれられるとは限らない。

「……………」

無言で、メイが一歩前に出る。

「わ、ごめん、殴らないで!?」

こういう時は、いろんな感情を整理するために、とりあえずブルーがぶっ飛ばされるのはお約束なので、ついつい身構えてしまった。

しかし――

「――行くわよ」

ややぶっきらぼうにそう言うと、ずいずいと、メイは出口に向かって歩きだしてしまった。

「ほらほら早く、エスコートなさらないと」

「あ、はい！」

老女将《おかみ》に背中を叩《たた》かれ、我に返ったように、ブルーはメイのあとを追いかけた。

しばし後、二人が訪れたのは、ボストガルでも有数の高級店。

様々な装飾品に、化粧品や香水まで取り扱っている、王侯貴族御用達《ごようたし》の店である。

「うへぇ、すごい造りね」

馬車に揺られること数十分、この上なくゆったりした道程でたどり着き、店構えをひと目見たメイは、感嘆を通り越し、呆気《あっけ》にとられた顔になる。

「ボストガルだけでなく、様々な国の上流階級の人たちが買いに来るらしいね」

メイの手を取りながら、ブルーが言う。

この日、メイがいつもと違ったのは、ドレスだけではない。

その靴も、である。

ヒールの高い令嬢御用達《ごようたし》の一足。

一歩歩くのもふらつくため、誰かが手を取ってくれないと、段差すら乗り越えられない。

「ああもう、うざったいわね」

思わずボソリと、歩きづらさに毒づく。

「こんなの履いてるヤツ、普段どうしてんのかしらね？」

疑問を口にしたメイに、ブルーが返す。

「歩かないんだよ」

「は？」

「だから、わざと歩きにくい靴を履くことで、『自分は歩き回る必要がない』ことをアピールしているんだ」

「はぁ？　なにそれ!?」

メイは信じられないという顔になったが、王侯貴族の美的感覚というのは、庶民からすれば理解不能なものが多い。

走るどころか歩くことすらままならない靴を履くことで、「ちょっとした用事でも使用人が代わりに動く」「わずかな距離でも馬車を用いる」「歩かなければならないときは誰かが手を取ってエスコートする」など、そういった「特別な自分」であることをアピールしているのだ。

「あえて不便にすることで、自らがその不便な生活を可能にするほどの特権階級だと、知らしめることになるんだよ」

「うへぇ」

納得しつつも、その上で、呆《あき》れたため息を吐《つ》いてしまった。

実利優先、コスト至上主義な人生を生きてきたメイには、一生理解できない世界があるのだと思ってしまった。

「大丈夫かな……」

そして同時に、不安にもなる。

今から入るこの店は、そんな、メイにとって「理解不能」な者たちのための店なのだ。

「まぁ、気負うことはないよ。行こう行こう」

対して、ブルーは何一つ気にすることなく、メイを連れて、店の入り口に向かう。

「お待ちください、お客様」

入り口の脇《わき》に立っていた店員たちが、口調こそ低姿勢だが、威圧的な雰囲気で立ちはだかる。

「当店は初めてでいらっしゃいますか？　どなたかの紹介状は？」

（げ！）

それを前に、メイは心中で声を上げた。

そうなのだ。

こういう高級店は、基本的に「一見さんお断り」なのだ。

馴染《なじ》みの客の誰彼の紹介があって、初めて店の扉をくぐれるのである。

（まいったわね、どうすっかな〜……）

いつものメイならば、立ちはだかる店員を蹴《け》っ飛ばし、「これが紹介状じゃああ！」くらいやるのだが、いつもと異なる装いのせいか、いつもと同じノリができない。

だが――

「紹介状はないよ。良さそうなお店だから、入ってみようかなと思っただけなんだけど、ダメかい？」

慌てるメイとは対照的に、ブルーは平然とした顔で返す。

「は、あ、いや、あの」

あまりにあっさり、「なにか問題でも？」という態度を取られたため、却《かえ》って店員がうろたえているくらいだ。

「ちょっとちょっと、店員困ってんじゃん……」

ここは一旦引き返し、出直そうとメイは言おうとしたが、そうしているうちに、店員の一人が足早に店内に入り、しばらくして戻ってくるや、対応が変わった。

「失礼致しました。コレもご縁でございます！　どうぞ、ごゆっくりなさってください」

店員は笑顔で告げると、下手な要塞《ようさい》の正門よりも分厚く見えた店の扉が開き、二人は店内にいざなわれた。

「ようこそいらっしゃいましたお客様！　私、店長のハイバッグと申します。どうぞお見知りおきを！」

先程までの警戒はどこへやら、店長みずから現れての出迎えであった。

「悪いねぇ、無理を言ってしまったかな？」

「いえいえいえ、お気になさらず！　むしろ、大歓迎でございます！」

その店長の大げさな振る舞いすら、自然体で受け入れるブルー。

「その、失礼ながら、お客様のお名前をお尋ねいたしましして、よろしいでしょうか……？」

こういった高級店ならば、顧客管理も職務のうちである。

むしろどこの馬の骨かわからぬ者を入れるほうが、店の沽券《こけん》に関わるのだが……

「ああ、うん、ちょっと、今日は言えないんだ」

ブルーは至極普通に、いつもと変わらぬ態度で、正直に言った。

当然である。

魔王ブルー・ゲイセントです、などと言えるわけがない。

「は………」

一瞬こわばる店長であったが、すぐにまた元の笑顔に戻る。

「左様でございますか……はい、かしこまりました……問題ございません。なにも、お気になさらずに」

ただし、わずかに声が小さくなっている。

まるで、「大丈夫です。事情は全て把握しております」というように。

（ああ、そゆことかぁ……）

今更ながら、メイは気づく。

人類種族と魔族の違いはあれど、ブルーは魔王、王族なのだ。

彼にとっては当たり前の振る舞いでも、見る者が見れば、「やんごとなきご身分のお方」と分かる。

そういう意味では、この店の店員は、大変優秀なのだろう。

ただし、魔族とまでは見抜けなかったようだが。

（んで、アタシを見て、なんか訳アリの貴族か王族って思ったわけか……）

庶民の小娘を着飾らせて侍《はべ》らせている、どこぞの王侯貴族のボンボン。

そう判断したからこそ、「事情を察した」体で、店長は接することとしたのだろう。

「なんだかなぁ……」

メイが、少しだけおもしろくない気分になっている間も、店長は上に「バカ」がつくほど丁寧にブルーに応対し、様々な品をおすすめしてくる。

隙《すき》あらば売りつけよう――というものではない。

やんごとなきご身分の方にふさわしい商品を、店の看板にかけてプレゼンテーションしているのだ。

「こちらなどいかがでしょう？　東の果ての島で作られた器でして、たいへん珍しいものでございます」

「ほほう、これはきれいな漆黒の輝きだね」

「名工の作りし職人芸の極みですから」

取り出されたのは、一体どんな塗料を用いて作られたのかも想像できないほど美しい輝きを放つ器であった。

「ふぇ～……これいくらくらいするの？」

それを見たメイは、至極当たり前の反応を見せたのだが、店長はぎょっとした顔で見返した。

「あ、ええっと……お値段でございますか？」

「うん。1万イェンくらい？」

「いや～……」

店長はどうしていいかわからないというような、困った顔をしている。

「ええっと、もう少々お高くなっております……200万イェンほどです」

なるたけ言葉を選び、特に値段は小声でささやくように告げる。

「え、200万!? 器一個で! うっそ、たっか!!」

対して、メイはこれでもかという大声を出してしまう。

「おおおお、お嬢様! もう少々、お声を、小さく……他のお客様もおられますので……」

このような高級店で、値段を聞くということ自体、マナー違反になる。

それゆえに、恥をかかせないように、店長は小声で話したのだが、その気遣いも一瞬で無意味にしてしまったのだ。

「こういうのもいいんだけど、欲しいものがあってね」

「は、はい! なんでございましょう!」

困惑する店長に助け舟を出すように、ブルーが問いかける。

「マンドラゴラの〝いいもの〟があると聞いたんだが」

「ははぁ、なるほど……それでしたらちょうど良うございます。せっかくですから別室で」

他の客の前にこれ以上メイを晒《さら》すのは得策ではないと考えたか、もしくは、想像以上の上客と思ったか、もしくはその両方か。

どちらにしろ、この場では見せられないもののようで、二人は店の奥にある個室に案内された。

そして――

「あれは………」

店の一角に、彼はいた。

ここに彼がいたのは、〝たまたま〟である。

まったくの、偶然である。

しかし、この街で、最高級のマンドラゴラを求めようとするならば、自ずと足を向ける店は限られる。

だから、ある意味で、これは〝ありえた遭遇〟でもあった。

「ふむ……」

彼はわずかにほくそ笑むと、懐の中にあるものに、手を伸ばした。

所変わって、店内奥の個室――そこは、上客の中の、さらに上客との商談用スペースなのだろう。

外の通常売り場よりもさらに豪奢《ごうしゃ》な装飾や調度品が置かれた、舞踏会の合間に貴族たちが夕バコを楽しむシガールームのような造りであった。

「なんか、高そうなお菓子とお茶が出てきたわね」

案内され、腰が沈むほど柔らかなソファを勧められたメイとブルー。

「少々お待ちください」――と店長が離れてすぐに、その間のもてなしとして、ＶＩＰ客の接待用に雇っているのであろうメイドが、これまた高級そうなティーセットに入った茶と、皿にもられた、なんという名前なのかもわからないが高級そうな茶菓子を置いていった。

「まだなんも買ってないのに……」

試しにひと口かじるが、どうも場に馴染《なじ》めないせいか、メイには味がわからなかった。

「これ、あとで代金請求されないわよね？」

しばしして、店長が再び現れる。

銀製の盆の上には、保存液の瓶に入ったマンドラゴラがあった。

「お待たせいたしました、当店最高級品のマンドラゴラでございます」

そして、テーブルの上に、丁寧に、宝石を扱うように置いた。

「御存じの通り、マンドラゴラはエルフの里でのみ取れる超希少種！　これはその中でも特に厳選された一品でございます」

「ほほう」

その瓶を手に取り、ブルーは怖《お》じることなく眺める。

「マンドラゴラは様々な効用がございますからな。古くは、皇帝が不老長寿の妙薬として愛用したというくらいです」

朗々と、役者のように商品説明を行う店長。

「確か、いろんな病気に効くのよね？」

「え～、まぁそうでございますが……」

メイの言葉に、店長はまたしても曖昧《あいまい》な顔になる。

「なに……アタシまたなんか言っちゃった？」

「いえいえいいえ、そのとおりでございます。ただ、その、そういった用途以外にも、色々ございまして」

マンドラゴラは、滋養強壮の成分に優れ、病やケガなどで弱った体を癒《い》やす効果がある。

通常、魔法による治療は、体内の治癒機能を増幅させるものでしかなく、生命力そのものには作用しない。

それどころか、治癒機能の増幅に生命力が用いられるため、却《かえ》って衰弱してしまう。

マンドラゴラは、その生命力自体を補充する効能があるのだ。

「マンドラゴラは滋養の塊でして、またさらに、神経に働きかけ、精神を高ぶらせる効能もございまして、ええ、はい」

「それって……ああ～～………」

曖昧にぼかしながら語る店長に、ようやくメイも察する。

体の弱い病人にさえ生命力を与えるのなら、健康な人間に与えればどうなるか？

精力増強剤……さらには、神経に働きかける効果で、一種の興奮剤、「媚薬《びやく》」としての用途があるのだ。

「マンドラゴラを原料に香水としたものなど、特に人気でございますよ。若いご婦人たちが、意中の殿方に振り向いていただくなど、ね」

「そういうことかぁ」

貴族や王族がこぞって求める理由もわかるという話であった。

雲の上の人たちからすれば、社交界で注目を浴びることは、戦場で首を取るに等しい。

そのために大金をかけ豪華なドレスや希少な宝石を身にまとう。

そして、マンドラゴラすら武器にするのだ。

「あのさぁ、ちなみにこれ、お値段おいくらくらいなの？」

瓶の中に入っているマンドラゴラは、せいぜい大人の親指よりちょっと大きいくらいである。

「そうですなぁ」

今度は、周りに他の客がいないからか、店長も穏やかな口調で応じた。

「だいたい、50万イェンほどとなっております」

「ごっ!?」

その価格を聞いて、メイは言葉を失う。

同じ重さの黄金と同じ価格で取引される――とは聞いていたが、それはあくまで原価の話。

市場価格ともなれば、さらに増えるとは思っていたが、ここまでとは思わなかった。

もはや黄金ではなく、同量の宝石と比べたほうがふさわしい価格である。

「なるほど、じゃあ試しに、ひと瓶もらおうかな?」

「え?」

驚くメイを他所《よそ》に、ブルーはさっさと購入を決めてしまう。

「よろしければ、ご試供品をお持ちいたしますが?」

「それには及ばないよ」

店長は、無料お試し品の提案をしたが、ブルーは断る。

「かしこまりました」

それを聞いて、満足そうな顔で店長はうなずく。

こういった場において、そんなお試し品を求めるのは、高貴な者にはふさわしくない振る舞いなのだ。

ブルーとメイは、市場調査でここに来ている。

できるだけ通常時と同じ条件で手に入れなければならない。

店側が、「高貴な相手」と認めた上で渡される最高級品でなければ、意味がないのだ。

「は～……ごじゅうまん……ふえええ……」

店長が商品を取りに戻るため、再び退室している間、メイはこぼす。

それだけあれば、一般ご家庭なら二か月暮らしていける。

それがたったひと瓶で消費されることにショックを受けていた。

「アンタ、意外と涼しい顔よね」

「う〜ん、そういうわけでもないけどね」

メイに問われ、ブルーは少し困った顔をして返した。

「一応これも〝ケイヒ〟になるんだよ」

「そうなの？」

「ああ、ちなみに宿屋の宿泊料や、キミの貸衣装、あと馬車代もね」

ブルーの仕事は「魔王」である。

その業務内容の一環に、マンドラゴラ交易が入っており、その交易の市場調査のためにボストガルにやって来て、このような高級店を訪れている。

「自分たちが販売しようとしている商品の、現段階での市場サンプル購入」となるので、取材費、もしくは市場リサーチ費用として、計上できるのだ。

「ちょっとだけホッとしたわ。でも、それにしたって高すぎよね、ここまで高いとは思わなかったわ」

少しだけ安堵《あんど》したメイだが、やはり「ひと瓶50万」は驚きであった。

思わず、「ボッタクリ」と言いかけてしまうほどに。

「いや、この高さに意味があるんだよ」

「どういう意味よ？」

ブルーの謎《なぞ》掛けのような物言いに、メイは首をひねる。

「う～んとねぇ」

言ったブルーも、どう説明したものかと腕を組む。

「例えばりんごがあったとするね？」

「ふむふむ」

「…………」

「どしたの？」

たとえ話で説明しようとしたブルーだが、言葉が止まる。

「ダメだぁ、うまく説明できる自信がない。あとでクゥくんにお願いしよう」

「ええ～～？」

自分の説明力に限界を感じたのか、ブルーはこの問題を一旦棚上げした。

そしてさらにしばらく後——二人は、今度は打って変わって、ボストガル市街地の下町エリアにある市場に立っていた。

「これはまた、盛況だねぇ……」

今度は、ブルーの方が圧倒される番であった。

先日の大通りも賑《にぎ》わいに満ちていたが、この市場に比べればまだまだおとなしい方。

まるでなにかの祭りの真っ最中ではないかというほど、人でごった返している。

「今朝揚がったばかりの新鮮な魚だよ！　今なら生でだって食えちまうぜー！」

「見てよこの新鮮な切り口！　こんなマルガソの実はウチでしか売ってないよ！」

「ミオストローネ軍払い下げの衣料品、大特価だよ！　今なら半額、全部半額だ！」

多くの商店が競うように客引きを行い、あちこちに世界中から流れ込んだのかと思ってしまうくらい、多種多様な品が並んでいる。

「すごいな……道理で、馬車はここまで来られなかったわけだ」

先の高級店から市場に移動する際、その手前の通りで降ろされた。

「この先は四足じゃ行けませんぜ」と御者に言われたが、その意味を理解する。

集まっている客層も、まったくの真逆。

ハイヒールなど一生履きそうにない、庶民たちであった。

「この格好だと……場違いすぎないかな？」

自分の着ている服を指差し、ブルーは言った。

「大丈夫よ、これはこれで」

対して、メイは涼しい顔であった。

「ほら、見てご覧なさいな」

指差す先には、メイやブルーと似たような服装——おそらくは、それなりの金持ちであろう者たちの姿があった。

「こんなところにも来るんだねぇ」

「こういうとこじゃなきゃ手に入らないものもあるのよね〜」

少しだけ、メイは皮肉げな顔をする。

「それって、まさか……?」

「そ、非合法品」

「なるほど……」

二人は市場調査のために、街を回っている。

先の高級品店では、高額で取引されている、「表」のマンドラゴラ。

そしてこちらでは、密輸入で販売されている「裏」のマンドラゴラである。

「まぁあと、単純な観光目的の人も多いわね。ってか……」

ふと、メイが思い出したようにブルーに向き直る。

「アンタもそうだったじゃん」

「あー、そうだったねぇ」

ブルーは、魔王に即位する前から、ちょくちょく人類種族領に入り込み、身分どころか種族をかくしてうろついていた。

彼が、魔族の中でも使える者が少ない「転移魔法」の使い手であったのも、その理由である。

「いやぁ、お城の中って窮屈でさぁ。こういう街の方が落ち着くところがあるんだよ。あと……」

しみじみと、腕を組みつつ、ブルーは言う。

「人類種族領はご飯が美味《おい》しいから」

「あ〜……」

魔族の文化や文明は、人類種族のそれと比べて、大きく偏りがある。

なにせ、生まれついての高い身体能力と、爪《つめ》や牙《きば》といった身体的特徴、さらに強大な魔力と、「自前の肉体でなんとかできる」ため、人類と比べて「工夫する」習慣が少ないのだ。

「芋の煮っころがしを初めて食べた時の感動は忘れられないよ」

「ないの、魔族?」

「そもそも芋がないから、魔族領」

「あらら」

植物や魚を乾燥させて出汁《だし》を取る文化も、野菜のアクを抜き味を良くする文化も、コトコトと煮込んで具材に味を染み込ませる文化も、魔族には薄い。

たかが芋の煮っころがし、しかしそれは、ブルーに言わせれば、人類文化の叡智《えいち》の塊なのだ。

「さて、それはわかったけど……密輸品のマンドラゴラを売っているお店をどうやって探すんだい？」

誰かに聞くにしても、聞くあてがない。

「大丈夫、計算済みよ。なんでアタシがいつまでもこんなひらひらした服着ていると思っているの？」

「似合っているから？」

「……ち、違うから」

ブルーのズレた感想に、メイは苦い顔になる。ただし、頬《ほお》を染めながら。

「多分、そろそろ来る頃よ。こういった場所ならね」

「そこの美人のお姉さん、なにをお探しですかい？」

言っているうちに、いかにも怪しげな小男が声をかけてきた。

「わたしゃこの街じゃちょっとした顔なんですよ。お探しのもの、目的のお遊び、なんでもご案内いたしますぜ？」

揉《も》み手《て》をしながら現れ、遠慮なく距離を詰めてくる。

「なぁに、お代はお気持ちで結構、慈善事業みたいなモンでございます」

「その代わりに、特定の店に連れてって、売り上げの何割か手数料もらうんでしょ？」

どこの街にもいる手合い。

右も左もわからないよそ者の観光客を、予《あらかじ》め取り決めておいた店に案内し、ボッタクリ品やまがいモノを相場の何倍もの価格で売りつけ、いくらかのキックバックを得る——そういう、自称「案内屋」である。

「なんでぇ、バレてんのかよ……チッ！」

カモにできないと思ったか、途端に案内屋は愛想笑いを消し、別の相手を探そうとする。

「ちょーっと待ちなさい」

しかし彼こそが、メイの待っていた相手であった。

「なんだよ、役人にでも突き出すつもりか？」

「違う違う、コレ見なさいな」

「ああン……って、おおおッ!!」

メイの手にあった物を見て、案内屋の目の色が変わる。

「き、金貨じゃねぇか！」

それも、ただの金貨ではない。

今は発行されていない、マウア金貨と呼ばれる種類で、現在よりも金価格が低かったころのものである。

「そうよ、1万マウア金貨……今の価格なら二～三倍にはなるわねぇ」

「そ、それを……くれんのか？」

「アタシたちの探している物を売っているところに案内してくれたらね？」

「わ、わかったよ。こっちの負けだ」

目の前にわかりやすく報酬を提示することで、イニシアチブを取る。

その報酬の支払いもすべてが終わり、こちらが納得する成果を出した後。

メイの巧みな交渉術であった。

「こういう時のキミは、本当に頼りになるなぁ」

「さっき行ったような店よか、ずっとアタシ向きよ」

感心するブルーに、メイは少しだけ皮肉を込めた笑みで返した。


数分後、二人が案内屋に連れて行かれたのは、市場の端にある薬種問屋であった。

この店は、各種薬品だけでなく、その原材料も扱い、さらに調合や処方まで行う店である。

「いらっしゃい、何をお探しで？」

禿頭《とくとう》のどこか怪しげな店主が、無愛想に現れる。

店内の薄汚れ具合といい、棚のあちこちにホコリが積もっていることといい、ひと目で分かる寂れた店である。

そんな店に、貴族然とした格好の男女が現れたのだ、警戒もしよう。

「そうそうこういう店こういう店、ありそうありそう！」

対してメイは、むしろ思った通りの場所に来て、笑顔になっている。

「おい、なんだいコイツら？」

店主が、無愛想に、二人をここまで連れてきた案内屋に目を向ける。

メイとブルーに比べれば、まだ彼の方が「話しやすい」と思ったのだろう。

「いや〜、それがさ、この人ら、その……」

「マンドラゴラ探してんのよ」

案内屋が言葉を選んでいる間に、メイは単刀直入に言う。

「はぁ？　何言ってんだい。あんな高級品、ウチみたいな貧乏問屋に売ってるわけねーだろ。

くるっと引き換えして、目抜き通りに行きな」

話にならない——と、まるで虫を払うように手を振る店主だが、メイはそのリアクション
すら期待通りとばかりに笑う。

「キッタナイ店よねー、よくやってけるわよね」

「あんだァ？　ケンカ売ってんのか！」

いきなりの暴言を浴びせるが、もちろんケンカを売ったのではない。

「棚もホコリが積もってて、並んでいる品も中途半端、値段も安くもない。フツーの客なら来

ないわよね～」

「なにが言いてぇんだ」

メイの言いように、〝含み〟を察したのか、店主は怪訝《けげん》な顔をする。

「ん～……でもさぁ、ここってなんのかんの言って、でっかい市場のそばなわけで～、店賃《たなちん》はけっこう高いはずよね。なのによくやってけるなぁって思ったのぉ」

答えをわかっていながら、なぶるように、相手を追い詰めていく。

「メイくん……？　なにが、言いたいんだい？」

彼女がなにをしたいのかわからないブルーも、困惑した顔で問う。

「大将……あきらめろ、この姐《ねえ》さんに隠し事はできねぇ」

おもしろそうに身をよじらせていた案内屋に言われ、店主はため息をつく。

「ちっ……紹介のねぇヤツは入れねぇんだがな………入りな」

仕方がないとばかりに、店の奥に手招きをした。

薬種問屋の店の奥には、さらに別の店があった。

こちらは棚にホコリも積もっていなければ、並べてある商品も、見たことがないようなものばかり。

「これは、どういうことだい？」

尋ねるブルーに、メイは返す。

「表の商品は隠《かく》れ蓑《みの》よ。売れそうにないものを売る気のない値段で売る。ついでに店主も無愛想。ほっときゃ潰《つぶ》れるくらい客は寄りつかない。なんでだと思う?」

そうすることで、「店を開けながら」も「目的でない客が寄りつかない」状態にする。

「表には出せない本当の〝売り物〟があるってことよ。表玄関だけが玄関じゃない」

「はぁ〜………」

このテの裏街道に関したことには、驚くほど如才ないメイであった。

「マンドラゴラが目当てなんだってな?」

そうしている間に、店主は店のさらに奥——おそらく倉庫から、木箱を持ってくる。

「わかっていると思うが、他言は無用だぜ」

「そんなことしてこっちに得がある?」

「違いねぇ、話がわかる姐《ねえ》さんだな。そんな格好しているけど、アンタこっち側だな」

「否定はしないわ」

裏社会に生きる者だからこそ、ここまでのやり取りで、メイが「外見通りの存在ではない」ことを察した。

「……逆に隣の兄ちゃんはなんなんだい?」

だがだからこそ、隣の、「外見通りの貴族のボンボン」にしか見えないブルーに、店主はわずかに戸惑っていた。

「こういうとこで、〝客〟の素性を知りたがるの？　シロウトじゃないんだから」

「こりゃ一本取られたぜ」

だが、それすらもメイはさらりと躱《かわ》す。

下手に知ってしまえば、厄介になることはあっても、得することはない。

「すごいなぁ……」

そして、そんなやり取りを、ブルーはただ呆然《ぼうぜん》と見ているだけであった。

完全に、先の高級店の時とは、立場が逆になっていた。

「ほれ、これがお探しのものだろ」

「マンドラゴラ……でも、これは……」

店主が木箱から出したマンドラゴラ。

だがしかしそれは、先の高級店で見たものとは、まったく異なるものであった。

「ひっどいもんね～」

容赦なく感想を漏らすメイ。

店主の出したマンドラゴラは、大きさはバラバラの型崩れ。

切れっ端や皮の部分まで入っている。

「たりメェだろ、正規品じゃねぇんだぜ」

「なるほど、そのとおりね……ひと瓶いくら？」

「5万だな」

高級店の価格の、十分の一であった。

「で、それを普段はいくらで売っているの？」

「かなわねぇな」

だが、メイは簡単に相手の言葉を鵜呑《うの》みにしない。

相手の言い値を信じるほうが、こういった店ではマヌケなのだ。

「2万だよ。マジだぜ」

「二十五分の一⁉」

観念した店主が告げた本来の価格に、ブルーは驚く。

だが、メイはその数字も鵜呑みにしない。

「なるほどなるほど……で、まとめて買ったらどれくらいになる？」

「おいおいおいおい、商売上手にもほどがねぇか？」

「一箱全部としたら……三割、いや四割は当たり前よね？」

「バカ言うんじゃねぇ⁉　できて二割だ！　それを切ったら原価割っちまう！」

「なるほど」

「あ～～～～！」

メイの口車に乗せられ、仕入れ値まで口にしてしまった店主。

実際の取引価格は、2万よりもさらに低い。

おそらくは、1万5千イェンくらいだろう。

「んじゃ、一本もらってこうかしら」

「へいへい、2万な」

「なに言ってんのよ」

ここまでやって、ようやく購入の意思を見せたメイに、店主はため息を吐《つ》きつつ返す。

「わかったよ……二割引でいいさ」

「だから、〝もらってく〟って言ったでしょ。お試しなんだから、試供品よ試供品」

「マジかよオイ!?」

買うどころか、金を払う意思すらなかったことに店主は愕然《がくぜん》としていた。

「とんでもねぇ姐《ねえ》さんだ……」

メイの強《したた》かさを前に、案内屋も呆《あき》れと感心の入り混じった表情となっていた。

「惚《ほ》れ直しちゃうね」

「え？」

「いえ、こっちの話で」

思わずブルーもこぼしてしまうが、不審な顔をされて、あわてて口を押さえた。

「とほほ……次来たときにはちゃんと買ってくれよ」

「冗談よ、はいこれ」

もはや金を得るのをあきらめかけた店主の前に、メイは先程案内屋に見せたマウア金貨を置く。

「姐《ねえ》さん、それ俺の！」

自分の獲物を他人に渡そうとしているのを見て、案内屋が声を上げた。

「はんぶんこしなさい。仲良くね？」

「そらねぇよ姐さん!?」

「何言ってんの、元々アンタ、観光客を店に案内して、金とってるんでしょ？　ならこれでいいじゃない」

マンドラゴラどころか、案内屋の報酬すら値切るメイ。

無茶な理屈も、堂々と押されては、却《かえ》って拒めない。

「あ、そうだ」

そこで、一つ大切なことに気づいたメイは、店主に告げる。

「領収書ちょうだい。〝ケイヒ〟にしなきゃいけないから」

これもまた、立派な市場調査――すなわち、業務の一環なのだ。

当然、申告用に必要となる。

「かなわねぇや」

「まったくだ」

店主と案内屋、二人揃《そろ》って降参の声を上げたのだった。

かくのごとく、メイとブルーの〝市場調査〟は、順調に進んだのであった。

第四章

怪しい職種の怪しい女

一方その頃――クゥが訪れていたのは、ボストガルの公文書保管局であった。

ここには、商業に関する取り決めに、実務記録、現状の制度の運用実態などに関する書類が納められている。

「ううん……やっぱり、おかしい」

その中で、クゥは朝からずっと資料とにらめっこし、マンドラゴラ交易にある違和感の正体を摑《つか》みつつあった。

「通常の商取引に比べ、おかしな点が多い。慣例……いや、それだけじゃないなぁ」

クゥは、魔王城の五十年分の会計書類の精査すら、数日で終わらせるほどの超人的な書類整理能力を持つ。

分析はまだ半分程度だが、それだけでも、おかしな点が複数見受けられた。

エルフ族の密貿易、高額な関税、魔族領のマンドラゴラが市場に入ることを嫌がる理由――

おそらく、全部の根は一つのはずなのだ。

「ん？　なにこれ……マンドラゴラ振興協会……？」

マンドラゴラ交易に関する資料の一部に、「以上に関してはマンドラゴラ振興協会に委任」

の文字が見つかった。

「まさか、これって……」

明らかに、怪しい。

一切他の資料には説明がなく、いきなり、まるで、幽霊のように現れた組織名。

「あのすいません！　ここに書かれている、マンドラゴラ振興協会の活動報告書の閲覧を申請したいのですが」

クゥは閲覧室にいた資料庫の管理官に、新たな資料のある別の資料室への入室を申請した。

「許可証をお持ちでしょうか？」

だが、管理官は、冷たい声を返してきた。

「許可証？　なんですかそれ、持ってません」

「その資料の閲覧には、許可証が必要です。申請を行い、受理され、証明書が発行された後、また来てください」

「どこで申請できるんですか？　どれくらいかかるのでしょうか？」

「公文書統括局ですね。申請後、審査と照会が行われ、だいたい三か月くらいで発行されます」

「三か月！　それじゃ困ります！」

こうしている間にも、デュティがボストガル政府に圧力をかけ、魔族領産のマンドラゴラの締め出し工作を行っているかもしれないのだ。

三か月どころか、三日でも惜しい。

「わたし、そんな時間ないんです！」

「それはこちらには関係ないことです。決まりですので」

「そんな、ゼオスさんじゃあるまいし……」

「は？」

しかし、彼女の訴えを、管理官はすげなく拒絶する。

思わずクゥは、白い翼の税天使を思い出してしまった。

「でなくて、全部でなくても、一部でいいんです。なんとかなりませんか？」

「本来なら公文書といえど、他国の方が閲覧できるものではありません。交易都市なので、透明性を担保するために開放しているのです。これ以上は、公的に信用のある方限定です」

「そんなぁ……」

厄介なことになってしまった。

ただでさえ、閲覧に制限のかかる資料。

身元を明かそうにも、クゥの立場は「魔王城の顧問〝ゼイリシ〟」である。

いくら魔族と人類種族が停戦したとはいえ、許可など絶対に下りない。

（どうしよう……）

クゥが思いあぐねていたその時、突如、彼女の肩越しに、何者かが手を伸ばしてきた。

「はい」

「え？」

その手の先には、羊皮紙に記された、蠟印《ろういん》入りの閲覧許可証があった。

「いけませんねぇ、私が来るまで待っていてくださいと言ったでしょう？　閲覧許可証は私が持っているのですから」

クゥが振り向くと、そこには美しい黒髪の美女が立っていた。

ふわりとした物腰で、クゥに向けて、にっこりと微笑《ほほえ》む。

「あ、あの、えっと……？」

いきなり、まるで知り合いのように声をかけられたが、クゥに面識はない。

こんな美人と会ったことがあるならば、忘れるわけはない。

「し……」

それを察したのか、美女は管理官に見えない角度で人差し指を口元に当てた。

「黙ってて、話を合わせて」――そういうジェスチャーであった。

「あなた、この方のお連れさん？」

「ええ、そうですよ。なにか問題でも？」

「ん～……」

ちょうど良すぎるタイミングで現れた「連れ」に、管理官は不審げな目を向ける。

しかし、謎《なぞ》の美女は、笑みを浮かべたまま、相手に迫る。

「それとも、貴国が許可証を交付した他国からの訪問者を、不審者扱いなさるのですか？ それは、ボストガル全体のお考えということでよろしいので？」

閲覧許可証が、今どき羊皮紙に書かれているのは理由がある。

パルプ紙と違い偽造がしにくく、かつ火や水にも強い。

つまり、それだけ重要なものであり、重要な人物に渡されるものなのだ。

「いえ、そういうわけでは……わかりました、どうぞ、お入りください」

職務上、たとえ許可証を持っていても、不審な人物は通さないのが管理官の仕事である。

しかし、それも過剰となれば、それ自体が他国への外交儀礼に反する。

いち管理官に、そこまで職務に身を捧げる覚悟はなかった。

「ささ、では入りましょう」

「あ、えっと……はい」

わけもわからないまま、クゥは美女とともに、資料室に入った。

外の資料庫よりも、さらに狭く、資料棚が壁いっぱいに並ぶ部屋の中で、クゥは恐る恐る、謎の美女に話しかけようとする。

「あの――」

「小声で……扉の向こうで、さっきの人、聞き耳立てているかもしれませんから」

だがそれも彼女は察したのか、クゥに警告する。

「は、はぁ……」

「別に気になさらなくてけっこうですよ、たまたま目に入ったので、気まぐれにしただけですから」

ただのおせっかい、美女はそう言いたかったのだろう。

「ボストガルの関税制度に不審な点があったのでしょう？」

だが、たまたま――ではなく、どうやら、少し前から、資料の閲覧をしていたクゥを見ていたのだろう。

「あなたの調べていた資料を見れば、だいたいわかります」

（この人……）

何者かはわからないが、ボストガルの閲覧許可証を持っていることといい、財務に通じた職業の人間なのだろう。

でなければ、あんなわずかな手がかりで、ここまではわからない。

「不審、というわけではないのですが……気になったところが」

正体は不明ながら、クゥは自分の見つけた「気になった点」を話し始める。

「おや、どのような？」

奇妙な感覚だが、不思議と、警戒心は芽生えなかった。

むしろ、なぜか、どこか、〝懐かしさ〟に近いものを覚えた。

「関税とは本来、自国産業の保護のためにあります。他国からの安い品が入ることで、自国産業が成り立たなくなることを防ぐのが目的です」

「ええ、そうですね」

まるで子どもの声に耳を傾ける母親のように、謎《なぞ》の美女は相槌《あいづち》を打っている。

「ですから、関税で得たお金は、その産業の保護と発達のために使われるものです」

関税として徴収されたお金は、同産物を生産する国内業者への補助金として使用される。

そうすることで、国内産業の発達を促し、他国からの安い商品にも負けないくらいの品質と生産量を誇れるようにする、そのためのものなのだ。

「理想としては、そうですね」

「え？」

「実際は、産業規模が異なりすぎて、同じものを作ったとしても、勝負にならないものの方が多いのです。市場経済の法則に任せれば、本来は駆逐されるものです」

どれだけ公的な補助が行われたとしても、人件費や物価、技術やその他、埋まらない溝は深いのだ。

「なので、実際は保護の面の方が強いのです。例えば、農作物ならば、収穫によって得られる利益よりも、補助金の方が遥《はる》かに多く、『補助金目当てに作る』ケースも珍しくありません」

間違いなく、それも関税の一側面である。

「失礼、口を挟んでしまいましたね」

「あ、いえ、はい。そうです。そのとおりです」

やはりこの謎の美女は、なんらかの財政の専門家なのだと、クゥは確信を得た。

「でも、それには立派な意味があります」

正直、やはりまだ、何者かという不信感はある。

だが不思議と、話を止めるつもりはなかった。

「文化にしろ産業にしろ、それは人が作ったものです。なので、人体がそうであるように、血が通わなくなってしまえば、二度と同じようにはなりません」

「そうですね。農業で言えば、常に耕作地の土壌が維持管理されて初めて、実りが得られます」

自分と同レベルの思考力を持つ者と対話することで、こじれていた難題のヒントが、摑《つか》めそうだと思ったからである。

クゥはさらに、関税の意義について論じる。

「もしなにかあったとき、それまで積み上げてきたノウハウが全て死んでしまえば、復活させるのに莫大《ばくだい》な時間と費用が……いえ、それをもってしても賄《まかな》えないときがあります」

関税による〝保護〟には十分な意味がある。

万が一、必要不可欠な物品が完全に他国から入ってこなくなった時、高額でも、少量でも、作れる体制を維持し続けるために。

「そうですね。たとえ補助金目当てでも、産業保護はそれだけ重要なものです」

クゥの論説に、教師のように、美女は応じた。

「でも、ないんです」

ここまでならば、理屈は通る。

なにも怪しいところはなく、間違っていない、健全な税制度が保たれている。

だが、そうでないからこそ、クゥはこの資料室に入りたかったのだ。

「やっぱり、です……」

閲覧者を限定した資料の中に、クゥの求めた情報が記されていた。

「わたし、マンドラゴラの関税について調べていました。高額の関税を課しているのに、そのお金がどこに流れているのかがわからないんです」

関税とは、国内産業の保護と維持のために用いられるものである。

だが、これは違った。

大前提が、狂わされていた。

「お金の流れが、消えているんです。関税で得た税金が、誰の手にも渡っていないんです」

「ほほう……」

クゥの見つけ出した真実を聞き、謎《なぞ》の美女は興味深そうに微笑《ほほえ》んだ。


その日の夜――ボストガルの港。

昼間は諸国の船がひしめき合い、多くの水夫が荷揚げに精を出す交易の港も、夜中となれば、むしろ深い森の奥底よりも静まり返る。

大半の港湾労働者は、街に繰り出し一日の疲れを癒《い》やしている。

息づく夜行性の動物たちすらいないのだから、耳に痛いほどに、静寂が支配するのだ。

だが、だからこそ、「人に見られたくない」来訪の者ほど、この時を選んで、港に船をつける。

今回の仕事……マンドラゴラの密輸を終えたシリュウが待っていたある人物の乗った船も、そんな一艘《そう》であった。

「よう旦那《だんな》、遠路はるばるご苦労さんだね」

「シリュウか……出迎えとは、殊勝なことだ」

現れた、〝旦那〟と呼ばれた男は、エルフ族のデュティであった。

日頃エルフ族の自治領を出ない彼が、わざわざ腰を上げた。

ならば出迎えるくらいしなければなるまい。

なぜなら、彼女の営むマンドラゴラ密輸の協力者こそが、このデュティなのだから。

「来るのならアタイの船に乗ればいいだろうに……なんかあったのかい？」

ご丁寧に、沖に船を留め、そこから小舟に乗り換えての上陸である。

ボストガルに自分が来ていることを、可能な限り秘匿しているのが分かる。

「…………」

シリュウの問いに、デュティは答えない。

無視をしているというより、返す適当な言葉を、探しあぐねていた。

「けっこう長い付き合いのつもりだったけど……やっぱ、エルフさんからは、ニンゲンは信じらんないかい」

「そうではない」

少し皮肉げに、そして少し寂しげに告げたシリュウに、デュティは少し慌てた口調で言う。

「私は貴公を信用していないわけではない。むしろ、エルフ族単独ではこれだけの組織的な交易は不可能だった。貴公ら海賊勢力には、感謝している」

「うれしいね。面と向かって言われるとさ」

それが、世辞の類《たぐ》いでないことは、シリュウにもわかった。

彼は、己を偽るくらいなら、相手に嫌われたままのほうがマシだと考える男だ。

「じゃあなんでだい？」

「魔族がからんできたからでしょう、デュティさん」

改めて問うたシリュウに、別の声が、代わって答えた。

物陰から現れたのは、いかにも街のチンピラ然とした小男であった。

今時珍しい、マウア金貨を手の中で弄《もてあそ》んでいる。

「なんだいオマエ！」

その小男の姿を、ここにはいないメイやブルーが見たならば、驚きの声を上げただろう。

現れたのは、昼間市場で彼女たちが出会った、案内屋の男であった。

「キーヌか」

案内屋の姿を見て——否《いな》、気配を察して、デュティは言う。

次の瞬間、小男の案内屋は、金髪碧眼《へきがん》の十代半ばほどの少年の姿に変わった。

「あはは、すいませんデュティさん」

無邪気に、鈴を転がすような声で笑う少年——キーヌ。

「なんだいアンタかい。悪趣味だね」

それは、シリュウも見知った相手であった。

マンドラゴラ交易における、三本柱の一人と言ってもいい。

原産地のエルフ領の代表であるデュティ。

マンドラゴラの海上輸送を担当する、海賊のシリュウ。

「ごめんなさい。この姿だと、取引の時に舐《な》められますから」

そして、ボストガル現地での販売を代理する財団法人「マンドラゴラ振興協会」を担当する、人類種族のキーヌ。

「人間は見た目でものを判断しすぎるからな」

わずかに鼻を鳴らし、デュティは言う。

これであと、耳さえ長ければ、エルフ族と言われても通りそうな美少年。

彼は、ある方法によって、その姿を自在に変えることができる。

それがいかなる方法かはデュティもシリュウも知らないが、その力で複数の顔と名前を使い分け、複雑な交渉を果たしている。

その変身能力は人外の域にあり、デュティとて、「そういうもの」とわかっていなければ、気づけないほどである。

「しょうがないよ、アタイだって、『女だてらに海賊』なんて言われているからな」

肩をすくめ、自嘲《じちょう》気味に語るシリュウ。

ただでさえ、法の支配の及ばぬ、荒くれ者揃《ぞろ》いの海賊界隈《かいわい》である。

わずかでも〝弱そう〟に見える者は、すぐに的にされるのだ。

そんな彼女に、デュティは笑み一つ浮かべず問いかける。

「そのようなときは、どうしたのだ？」

「そりゃもう、拳《こぶし》でケリをつけたさ。それが一番だ」

「……」

握り拳《こぶし》を見せつけるシリュウに、デュティは無言になる。

「野蛮な人間と呆《あき》れたかい？」

「いや、それも手なのかもしれぬな」

「あァン？」

自分の言動に呆れられたかと思ったシリュウだが、デュティの考えは違った。

「今しがた、キーヌが言ったであろう。魔族がマンドラゴラの交易を始めようとしている。停戦が決まった頃から、このような事態が来るとは予想していたが……」

「魔族が？　マジかい？」

驚きの声を上げるシリュウ、それは彼女が初めて聞く情報であった。

「我々の計画を感づかれたら、いろいろと面倒だ。最悪、目的を果たせなくなる」

「デュティさんも苦労人ですね。もっと別の方法をとったほうが、利益は確実に増すでしょうに」

「……別に、それだけが理由ではない」

愛らしい笑顔で告げるキーヌに、デュティは重い顔のまま小さくこぼす。

「魔族がねぇ……どんなヤツらだい？」

「魔王ブルー直々の者らしい、人間も関わっている。ああ、そうだ……随分と頭の回る女がいたな」

「ふぅん、妙な連中がいるんだねぇ」

デュティからの情報に、シリュウは変わったこともあるものだと、苦笑いを浮かべた。

彼女は知らない。

その魔王ブルーこそが、自分の船に落ちてきたあの青年であることを。

そして、関わっている人間こそが、勇者メイと、ゼイリシの少女クゥであることも。

「………」

一方、キーヌの方も、なにか思い当たるフシがあったのか、わずかに笑みを陰らせ、考え込んでいる。

「どしたんだいキーヌ？」

「はぁ……」

尋ねるシリュウにも言葉少なく返す。

（あれはもしかして……いや、違うか）

昼間、彼はマンドラゴラの商談のため訪れた高級店で、奇妙な男女を見かけた。

気になって、その後あとをつけ、姿を変えた上で、『案内屋』として接触を試みた。

（あれがもしかして、魔王に関わっている人類種族……？）

しかしキーヌもまた、まさかあれが勇者と魔王とは思いもしなかった。

「いえ、なんでもありません」

それでも、念の為《ため》伝えるべきものだったはずなのに、あえてキーヌはそうはしなかった。

むしろ――

(これは、使えるかもな……)

なにかを、目論《もくろ》み始めていた。


そして――

ボストガルの街に数ある尖塔《せんとう》。

限られた平地を有効活用しようとした結果、先を争うように、天に伸びた数あるその中でも。最も高い塔の上に立つ、天使の姿があった。

「………………」

無言で夜の街を見つめるのは、税天使のゼオスであった。

昼間は隠していた白き翼が、今は再び背中に現れている。

海からの風が陸地に吹き、街を流れ、塔を昇り、彼女の髪をわずかに浮き上がらせる。

「……今、なにか……」

ポツリと、ゼオスはつぶやく。

まるで、眼下に広がる街にうごめく、〝なにか〟を警戒するように。

そしてしばしのち、ゼオスは翼をはためかせ、どこかへと飛び去った。

ボストガル到着から三日目の朝——宿屋〝四つ葉亭〟のロビーにて、クゥたち一同は、改めて今後の方針を話し合う。

「昨日一日調べたわけですが……そこで、いろいろなことが分かりました」

ボストガルの公文書資料庫、通常なら閲覧の制限されている部分まで調べることで、クゥはいくつかの新事実を見つけ出す。

「ボストガルには、不自然なお金の流れがあります」

「やっぱ、関税関係？」

メイの問いかけに、クゥは厳しい顔でうなずく。

この場合は、それ以外にありえない。

うなずかねばならないようなことがわかったのだ。

「調べてみてわかったんですが、ボストガルのマンドラゴラには、関税の他に、〝マンドラゴラ税〟が加算されています」

「マンドラゴラ税？　どういう名目の税金よ」

「『海外輸入品のマンドラゴラへの、国内産のマンドラゴラ農家の保護のための税金』です」

「え、それって……」

説明を聞いたメイが、眉間《みけん》にシワを寄せる。

〝ゼイホウ〟に明るくない彼女でも分かる歪《ゆが》みがそこにあった。

「関税と同じじゃないか。同じ理由の税金を、二種類作ってるってことかい？」

声を上げるブルーに、クゥは再びうなずく。

「しかも、マンドラゴラの価格に税率をかけているんですが、その元となる価格は、関税が課せられた後のものなんです」

「ん、え、待って……それ……」

「つまりですねぇ、りんごでたとえますよ」

「うん」

早くも頭がこんがらがり始めてきたメイに、いつものように、クゥは解説した。

「1個100イェンのりんごに、『1個あたり5割』の関税がかかって、150イェンになったとしますね？」

「うんうん」

「そこに、りんご税として『りんご1個あたり販売価格の5割』を課税したとします。すると225イェンです」

りんご本体に課税したら、関税とりんご税で税金は100イェンとなる。

だが〝関税がかかった状態〟に課税されるため、25イェンも多くなっている。

原価よりも、税金の方が高くなっているのだ。

「つまり……税金に税金かけてるってこと!?」

それは〝ニジュウカゼイ〟もしくは、〝チョウフクカゼイ〟とも呼ばれる、「税の禁忌」の一つであった。

「そんな税金のかけかたをすれば、際限なく税金を上げられるじゃない！」

税制度とは、一種の「約束事」である。

一つの理由に基づき、一つの課税を行う、それが大原則なのだ。

にもかかわらず、多重に税金をかけるなど、万物の根本を司《つかさど》る絶対の掟《おきて》〝ゼイホウ〟への冒涜《ぼうとく》とも言える。

「こんなことをしていれば、商業の発達の妨げになります。本来なら、排除されなければならないものなのですが、それがまかり通っているんです」

巧妙に名称を変えることで、それを隠し通していたのである。

「じゃあ、ボストガル国家が悪事を働いているってこと？　税制度を悪用して？」

「それは……その前に、ブルーさん、昨日お願いしていたもの、ありますか？」

メイの問いに答える前に、クゥは、昨日の〝市場調査〟において手に入れてきた、高級店のマンドラゴラと、密売品のマンドラゴラを見せるように言った。

「これだね、価格は、高級店の方はひと瓶50万イェン、密売品の方は2万イェンだけど、実質1万くらいじゃないかな？」

「およそ五十倍……これが、実態です」

しかも、関税もマンドラゴラ税も、どちらもかなり高率に設定されている。

それを多重に課した故に、無税の密売品との間に、それだけの価格差が生まれたのだ。

「マンドラゴラの市場規模は、年間数百億イェンとも言われています。その中で、二重に取り立てた税金の額は凄《すさ》まじいものです。それが流れ込んでいるところがあります」

おそらく、年間数十億イェンの大金が動いている。

そここそが、今回の悪の元凶の本丸でもあった。

「マンドラゴラ振興協会……表向きは、マンドラゴラの人類種族領内での産業振興と、保護と維持のための活動を行っているところです」

「どんな活動をしているんだい？」

「なにも」

ブルーの問いに、クゥは言葉短く返す。

「なにも、ほぼ活動実績がありません」

「なんだって……？」

クゥが昨日、資料庫で調べたのは、マンドラゴラ振興協会の、活動実績記録であった。

「先程も申し上げたように、関税もマンドラゴラ税も、『産業保護』のためのものです。しかし、人類種族領には、マンドラゴラ産業はほぼ存在しません」

栽培地に大量の含有魔力が必要である関係で、魔力の薄い人類の居住地では、マンドラゴラは育たない。

「あってもせいぜい園芸レベル。数年に一度行われる品評会に協賛している程度ですね」

とてもではないが、年間数十億イェンも用いるようなものではない。

「ただ、振興協会から迂回《うかい》する形で、様々なところに寄付が行われています」

「寄付って、どんなところによ？」

問いかけるメイに、クゥはやはり、苦い顔で答える。

「貴族や王族の荘園《しょうえん》などにですね……名目は、〝土壌調査協力費〟などとされていますが……」

あまりにもわかりやすい賄賂《わいろ》である。

それこそ本来なら問題になって然《しか》るべきものが、表沙汰《おもてざた》にならなかった理由である。

「腐りきってるわね……」

「ええ、高額な税金の半分近くは、そちらに流れています」

「なるほど……それが、エルフ族が密輸を先導していた理由か」

ここまで聞いて、ブルーにも事態の全景が見えてきた。

「はい、ボストガルは、マンドラゴラ交易の窓口港であることを利用し、高額な二重課税で暴利を貪《むさぼ》りました。しかし、こんな高価格では、売れる量は限られます」

王侯貴族や大金持ちなど、富裕層には売れているが、それでは市場は発展しない。

むしろ、関税がかかる分、原価を抑えざるを得ず、これだけの高額で売買されていても、エルフ族に入る収益は、それに見合ったものにならない。

「だから、エルフ族は密貿易を始めたのかもしれません。非合法ですが税金はかからない。その分大幅に安くしても、利益は得られます」

「そうなると……デュティ氏が守ろうとした市場の安定は……裏市場の方だった？」

「その立証のためにも、マンドラゴラの成分調査をしたいんですが……」

テーブルの上には、高級店の正規品と、裏市場の密輸品がある。

「どうして？　エルフたちが密貿易しているのは、あの海賊だって言ってたじゃない？」

今さら成分を調べ、両方のマンドラゴラが同じエルフ領産であることを突き止めても、すでに密貿易の事実は明らかになっているので無用ではないか――メイはそう思ったのだ。

だが、クゥの考えは違った。

「いえ、魔族領のマンドラゴラと比べるんです」

先の交渉で、デュティは「エルフ領のマンドラゴラと、魔族領のマンドラゴラは、別物と言っていいほど異なる」と主張した。しかし――

「密輸品のマンドラゴラと魔族領のマンドラゴラとでしたらどうでしょうか？　薬効作用がほ

ぼ変わらないとしたら？」

「なるほど……見えてきたな。クゥくん？　魔族領産のマンドラゴラは、今の税制度でも、いくらくらいの販売価格になるんだい？」

クゥがなにをしたいのか、ブルーにもわかってきた。

「正確にはわかりませんが、かりに原価の三割を利益と仮定したら……だいたい1万イェンくらいになるでしょうね」

「え、そんなに安くなるの!?」

輸送費や税金まで含めても、密売品よりも安くなることに、メイが驚く。

「人工栽培の強みは、安定した供給です。ロスが少ない分、価格を下げられます。単純な価格競争で言えば、天然物は勝負になりません」

人工栽培でも、気象やその他の理由で価格の上下は存在するが、それでも、自然に生えているものを採取する天然物に比べれば、その幅はずっと少ない。

「もしも密輸品と魔族領産のマンドラゴラの薬効が変わらなければ……裏市場は崩壊します。誰だって、密輸品より正規品の方が良いです。そちらの方が安ければなおのことです」

デュティがその安定に固執したのが裏市場の方であるとするなら、比較すべき成分は、正規品ではなく密輸品の方なのだ。

「でも、どうやって成分を調べるの？　こっちに専門家のツテはないわよ？」

錬金術師なり、化学薬法に通じた魔導師なり、探せばいるのだろうが、すぐに見つけるのは難しい。

「ブルーさんの魔法で、なんとかなりませんか?」

「う～ん」

クゥに尋ねられるも、ブルーは困った顔で腕を組む。

「さすがに専門が違いすぎる。すまない……」

魔王として、かなりの多岐にわたる魔法の使い手であるブルーだが、それでもここまで専門性の高い魔術は範囲外だった。

「私は使えますよ」

そこに、声が一つ増えた。

「そう、ならお願い」

ちょうどよかったとばかりにメイが笑みを向けたところで、顔が固まる。

「………………」

「どーも」

そこにいたのは彼女の知らない、謎《なぞ》の美女であった。

「誰!?」

「なんであなたがここに!?」

遅れてツッコむメイと、謎の美女の顔を見て驚くクゥ。

昨日、資料室での調査の際に、助けてくれた謎の美女である。

「なに？　知り合いなの？」

「はい、ええっと……あれ？」

メイに問われ、彼女のことを説明しようとして、クゥは戸惑う。

「すいません……お名前なんとおっしゃいましたでしょうか？」

今更ながら、相手の名前も聞かず、自分の名前も名乗っていなかったことを思い出す。

「いえいえ、お気になさらないでください。クゥ・ジョさん」

「!?」

美女はにっこりと微笑《ほほえ》むと、知らないはずのクゥの名を呼んだ。

「アンタ、何者……？」

細かな事情はわからずとも、クゥの反応を前に、相手が異様な者であることを察したメイ。

鋭い眼差《まなざ》しで、美女をにらみつける。

「いやですねぇ、そんな恐いお顔をなさらないでください。勇者のメイ・サーさんですよね？」

続いて、美女はメイの名前を……だけではない、彼女が〝勇者〟であることにも言及した。

「そしてそちらが、魔王のブルー・ゲイセント閣下……拝謁賜り恐悦です」

「…………ほう？」

そして、当然のように、ブルーの顔と名前も知っていた。

一同の名前くらいならば、後をつけていれば分かる。

それこそ、宿屋の宿帳を盗み見るなど、方法はあろう。

しかし、さすがに勇者や魔王といった情報までは、漏らしていない。

「クゥ、おろそかね……もうちょっと警戒心もたないと、世の中には悪い人もたくさんいるんだから」

メイの目がすっとすぼまると、自然に、流れるような足運びで、美女に迫る。

その気になればすぐにでも斬《き》りかかれる構えであった。

「アンタ、一体どこの誰？　答えによっちゃあ……」

ここまで自分たちのことを知っておいて、「通りすがりの一般人」なわけがない。

なんらかの目的があって近づき、一番無警戒だったクゥに接触した。

自分たちの仲間の中で、一番弱い少女を狙《ねら》ったのだとしたら、それはメイにとっては許せぬ話だった。

「待つんだメイくん」

ほのかに殺気を放ち始めるメイを、ブルーは諫《いさ》める。

「いえいえ、言っていることは間違いではありません。世の中、表面は笑顔で、内側はなにかを企《たくら》んでいる人なんて、山ほどいますよ。見た目で騙《だま》されちゃいけません」

だが、当の美女は、自分自身で、「怪しまれて当然」とばかりに振る舞う。

「なぜ私が皆さんのことを知っているかという顔をなさってますね。ならばお教えいたしましょう。はいこれ、名刺です」

朗らかに、美女はいつのまにか指先に挟んでいた名刺を、丁寧な素振りで渡した。

「これは……ん！　ロコモコ王国、専属経営コンサルタント、ノーゼ・メヌ？」

「アンタ、ロコモコ王の知り合い？」

名刺に書かれている国名を見て、メイが驚きの声を上げた。

「はい、最近、契約させていただいて、経営のお手伝いをさせていただいてます」

ロコモコ王国とは、魔王城とも付き合いのある、人類種族領の商業国家。

魔族領の国債の購入者でもあり、開発特区の出資者でもある。

「なによあのオッサンの関係者だったの～」

「それでわたしのことも知ってたんですか」

メイとクゥは、そろって拍子抜けしたような顔になった。

ロコモコ王なら、メイやクゥとも面識がある。

「あなたのことは、ロコモコ王からも聞いてますよ。『将来が楽しみだ』って、まるで孫の自慢をするような口ぶりでした」

「あはは……恐れ多いです」

美女——あらためノーゼに告げられ、クゥは照れながら答えた。

ロコモコ王家は、元は商人の家系。

現王も商業政策に前向きで、経済に通じたクゥをひと目で気に入り、今でも歓待してくれている。

「交易の関係で訪れていまして……たまたまクゥ・ジョさんの姿を見かけましてね……ふふ、もっと早く言えばよかったですね」

いたずらっぽく笑うが、相手にそれを許させてしまう、不思議な空気感の持ち主であった。

「でも……なんでこの宿も知っていたんですか？」

不思議に思ったクゥは尋ねる。

昨日、資料庫で別れ、宿の場所は教えていないはずである。

「はい、あとをつけましたので」

「ええ!?」

あっけらかんとした顔で返すノーゼに、クゥは驚く。

「で、さきほどあらためてこちらに伺ったところ、あちらの宿主の方がおられて、『クゥさんという方はいますか』と聞いたら、『はい』と」

「ちょっとおば〜ちゃ〜ん……」

「あら、いけなかったかい？　友だちだと思ってねぇ」

部屋の端で、掃除を行っていた老女将《おかみ》は、困った顔のメイにも、こたえた様子はない。

「ごめんねぇ、お詫《わ》びにカップケーキでもごちそうするよ。もうすぐ焼ける頃さ」

それどころかコロコロと笑いながら、奥の厨房《ちゆうぼう》に入っていってしまった。

「せっかくなので、なにかお手伝いできることがないかと思いまして……ご迷惑でしたか？」

「今さら言われてもねぇ」

ここまで踏み込まれて、今さら帰れとは言えない。

メイたちは、素直にノーゼの力を借りることにした。

「では早速……マンドラゴラの瓶をお借りしますね」

「どうすんです？」

「こうします……〝ESIGOTO《カンテイ》〟！」

彼女は二つの瓶の上に手をかざすと、魔法を発動させた。

ESIGOTO――あらゆる物質の成分を詳《つまび》らかにする、鑑定魔法である。

しばしして、二本の瓶の上に、それぞれ数字が浮かび上がる。

「2つのマンドラゴラの成分表ですね。右が高級店の、左が密輸品です」

それぞれ各種成分が数値化され並んでいるが、どれがどれやらわからない。

「この場合、もっとも重要なのは、〝マンドラサイト〟と呼ばれる栄養成分です。これが、マンドラゴラの効能の主成分となります」

ノーゼが指で示したマンドラサイトの項目は、あきらかに密輸品の方が少ない。

「これと……魔族領産のマンドラゴラの数値を比べれば……」

クゥは、持ち込んでいた資料ケースの中から、以前デュティから提出された、「魔族領産マンドラゴラ」の成分表を取り出す。

「やっぱり……密輸品よりも、魔族領産のマンドラゴラの方が、薬効成分は上です」

すなわち、正規で販売できる魔族領のマンドラゴラの方が、高品質ということになる。

「やはりです。デュティさんが懸念していたのはこれだったんです」

魔族領の、安価だが成分は劣る――しかし、密輸品よりは上のマンドラゴラ。

それが大量に流れ込むことによる、裏市場の崩壊。

「――そうなると、話は変わってくるわね」

ニヤリと、メイがほくそ笑む。

「メイさん?」

クゥは知っている、メイがこの表情をしているときは、「反撃のチャンス到来」に昂《たか》ぶっているときだと。

「あのエルフ、散々偉そうなこと言ってたけど、自分たちだって後ろ暗いことしてたわけでしょ？　この事実を突きつければ、もう文句は言えないわ」

密貿易を行っていたなど、ボストガル政府が知れば、逆にエルフ族の交易を禁止しかねない大問題である。

「でもアタシたちだって鬼じゃあないわ。魔王城も市場に入ることを認めるなら、なかったことにしてあげるってすりゃあいいのよ、ぬほほほお！」

「さすがメイくんだなぁ、相手の弱みを握った時の痛快なまでの腹黒さ」

「褒《ほ》め言葉と受け取っておくわ」

「キミがいいならそれでいい……」

感心しつつも呆《あき》れるブルーに、メイは胸を張って応じる。

「そうと決まったら、さっさと魔王城に戻って、エルフ族を呼び出して交渉再開よ！　今度はこっちの方が立場は上なんだから、応じないわけはないわ！」

第二次交渉会談を行い、圧倒的有利なポジションで条件を呑《の》ませる――間違いなくこれで問題は解決する。そう思われた。

しかし、ノーゼの放ったひと言に、一同は止まる。

「お城に戻る必要はないと思いますよ。だって、デュティ氏、今現在ボストガルに来ていますから」

「「「え!?」」」

その事実を知らなかったメイたちは驚き、体をこわばらせる。

「なんで、知ってるんですか……？」

「はい、昨日ええっと、クゥさんがおっしゃった、マンドラゴラ振興協会ですか？」

震えながら尋ねるクゥに、ノーゼはやはり、朗らかな笑顔のまま返す。

「その建物のある辺りを、仕事の関係でうろついていまして……ええ、そこに入っていく、エルフの方を見ましてね」

ノーゼは、ロコモコ王国の経営コンサルタントである。

商業国家のロコモコ王国ならば、エルフと取引を行っていてもおかしくはない。

「デュティ氏、ですか？　以前、一度だけ遠目に見たことがありまして、あらこんなところに珍しいなぁと……はい」

「…………………」

予想外の情報であった。

否《いな》、この段階においては、最悪の情報と言ってよかった。

「なんてことですか……前提が全部違っていた………」

クゥは拳《こぶし》を握りしめ、がっくりと肩を落とす。

「どういうことよ、クゥ？　なに、あのエルフなにやらかしてたわけ？」

「それは………」

理解の追いつかないメイに、いつものように説明しようとする。

しかし、それを口にすることは、彼女には辛《つら》かった。

「グルだったんですよ、マンドラゴラ振興協会と、エルフ族の方たちは……市場を独占するための、税金と密貿易を利用した、大規模な収賄を行っていたんです！」

それが、クゥの導き出した、今回の騒動の結論であった。

「つるんでたってこと？　全部……アイツら！」

「これは……驚いたな……」

怒りの声を上げるメイ、そして、事態の想像以上の深刻さに、言葉を失うブルー。

交易のための交渉決裂に端を発した騒動が、種族間レベルの大疑獄に発展してしまった。

「こうなったら、行くしかないわね……」

「行くって、どこにです？」

「決まってんでしょ、その振興協会の本部よ！」

散々こじれていた問題のほぐされた先の真実の陳腐さに、メイは怒り心頭であった。

「殴り込んでケリつけてやるしかない！　行くわよ！」

「ふえええ～、メイさん、落ち着いてぇえ～～～!?」

そうと決めたら躊躇《ちゅうちょ》のないメイは、クゥを片手で持ち上げると、そのまま宿を出ていってしまった。

「ああもうメイくん……こうなったら止まらないな」

残されたブルーも後を追おうとして、止まる。

「失礼、ノーゼくんだったね？　マンドラゴラ振興協会の本部は、どこか知っているかい？」

場所も知らずに走り出したメイを追いかけ、連れて行かねばならない。

「街外れの古城です。元がボストガル王の別宅だったそうですが、寄付されたようですね」

おそらくそれも、税金を流用し、「寄付のお礼」がされているのだろう。

「なるほど、ありがとう。助かったよ」

手短に礼を述べ、ブルーは宿を出ようとした……ところで、ふと、足を止める。

「ノーゼくん、だったね？」

「はい？」

一つ気にかかったことを思い出し、ノーゼに目を向ける。

「前に、会ったことがあったかな？」

「いいえ、本日が初のお目見えですよ」

ノーゼは笑顔のまま、そう答えた。

「そっかぁ……いや、キミを見ていると、どっかで会ったような気がしてしまってね。じゃあ！」

聞き終えたブルーは、あらためて、メイたちの後を追った。

「…………」

「おや、あの三人、出かけちゃったのかい？　せっかくカップケーキ焼いたのに」

一人残ったノーゼに、約束通り、厨房《ちゅうぼう》から焼きたてのカップケーキと紅茶をトレイにのせて、老女将《おかみ》が現れる。

「ええ、皆さんお忙しそうなので……あ、でもご安心ください。私が全て引き受けます♪

焼きたてで美味《おい》しそう」

「そうかい、たくさん食べとくれ」

何を考えているのか窺《うかが》いしれぬ笑顔のまま、ノーゼはわずかに目を細める。

「うふふ……」

少しだけ、それまでとは異なる、とても楽しそうな笑い声を漏らして。


マンドラゴラ振興協会の本部があるのは、ボストガルの街の郊外。

かつて、王家の別邸があった場所で、まさに城であった。

「人の金でよくまぁクソでかいとこに住んでいるのね」

クゥを脇《わき》に抱え、爆走に次ぐ爆走で、あっという間にたどり着いたメイ。

「メイくん、キミ、足速いねぇ……」

背後には、息を乱しているブルーが肩を上下させながら感心している。

「マンドラゴラ振興協会は、いわゆる財団法人と呼ばれるものですね」

ようやく担ぎ上げられていたメイの腕から離れ、クゥは地面に降り立つ。

「財団法人、なにそれ？」

「ええっとですね」

メイに尋ねられたが、いまいちクゥは説明がしにくかった。

理解はしているが、少しばかり、ややこしいのだ。

ハッキリ言って、メイが短時間で理解してくれるか不安だった。

「この場合は、公益財団法人になるんですが」

「コウエキザイダンホウジン？」

「財団法人とは、法人格を持った、財団のことです」

「ホウジンカクヲモッタザイダンホウジン？」

言えば言うほどあらたな疑問が生まれるスパイラルが発生していた。

「クゥ、アタシを舐《な》めんじゃないわよ」

なぜか胸を張り、自分の理解力の至らなさを誇りはじめた。

「ええっとですね、どう説明したらいいもんでしょうか。共通の目的を持ってできた団体を、財団というんです」

「普通の商会とは違うの？」

「商会の場合は出資者を募って経営を行いますが、財団の場合は、集まった人たちがそれぞれ資産を有しているんです」

一般の「会社」と呼ばれる組織は、経営者に出資を行い、それを資本金として経営を行う。儲《もう》けが出た場合、出資者に分配金が支払われる。

対して、財団の場合は、経営を行う参加者たちが資本を持ち合い、経営――正確には、組織を設立した目的である活動――を行う。

「利益を求めるのではなく、目的を果たすための集団、と考えればわかりやすいですかね」

「要は、カネ目当てに集まった傭兵《ようへい》団じゃなくて、戦争に勝つために結成された騎士団みたいな感じ？」

「あ、近いかもしれません」

大変メイらしい受け止め方だが、大意は違っていない。

「なら余計に厄介ね」

だがここからが、大変メイらしい考え方だった。

「下手な傭兵団より、騎士団の方がヤバいときがあるのよ。民のためとか国のためとか言って、戦場で盗賊団みたいなマネするやつもいるから」

それは、おそらく、彼女が実際に見てきた光景なのだろう。

単純な利益を求める者たちより、「金のためなどではない」などとのたまい、高潔な思想で動く者たちのほうが、時に手がつけられなくなるということは、往々にしてあるのだ。

「全てがそうとは言いませんが……ここは、かなり黒いですね」

クゥも、メイの発言を否定できなかった。

本来は、利益を追求する以外の社会的な目的を果たすために作られた財団も、そのお題目を悪用し、私欲を満たすために用いられることがあるからだ。

「マンドラゴラ振興協会の構成員は、多くは大地主や大商人、あと宗教関係者や元官僚などですね」

それは、協会の概要を記した資料にも表れていた。

役員の数が異様に多いのだ。

「天下りかぁ」

その情報だけで、ブルーは察することができた。

「はい。各方面に顔の利く人たちを、高額な役員報酬で雇い、本来なら問題となる行為ももみ消しているようですね」

ボストガルにも、清廉な役人や官僚、政治家はいるだろう。

しかし、自分たちの縁者、もしくはかつての上司に当たる者が所属している組織には、容易にはメスを入れられない。

「黒以外ないわね……」

呆《あき》れすぎて、メイも憤《いきどお》りの言葉すら出なくなってきていた。

「実態はほとんどない、ペーパーカンパニーと言えるでしょう。上手《うま》くやったものです。誰かが入れ知恵したんでしょうか……」

ここまでの制度の悪用を、エルフ族が単独で行ったとは思えない。

誰かしら、高度な財務知識を持つ者……それも、人類種族が関わっていると考えるのが妥当だろう。

（でも、それだと……）

だがその推測に則《のっと》れば、ある一つの前提が変わる。

そうなれば――

「クゥ？」

「はい!?」

思わず、周りの声が耳に入らなくなるほど考えに没頭してしまったクゥ。

メイに肩を叩《たた》かれ、慌てて返事をした。

「あれ見て、誰か出てきたわ」

「はい？」

当初、メイは殴り込みをかけて、デュティらの悪事を暴こうと考えていたのだが、その前に、建物の裏口から人影が現れた。

「子どもね」

出てきたのは、クゥとさほど歳《とし》の変わらないくらいの少年だった。

「丁度いいわ」

「メイくん？」

言うや、メイはブルーの声が届く前にすばやく飛び出すと、少年の背後にまわった。

「動くな、声を上げるな、こちらの質問に首を振って答えろ、ＯＫ？」

「!?」

問答無用に少年に告げると、否応なしに要求を叩きつける。

質問は許さない、疑問も抱くな。

相手に選択の余地を与えない有無を言わさないスタイルだった。

「今この屋敷の中に、エルフはいる？　答えなさい」

「………！」

少年は、首をブンブンと縦に振った。

「一回でいい」

「！」

冷たい、感情を見せない声。

相手に一切、付け入る隙《すき》を与えない対応。

「扉を開けて、中に案内しなさい。早く！」

「!!」

ガクガク震えながら、少年は裏口を開けた。

「いいわよ、来なさい」

そこまで確認してから、メイはクゥたちを招き寄せた。

「いやいやいやメイくん、手慣れすぎだよ」

ちょっと……いや、かなり引いた感じで告げるブルー。

「初めてじゃないだろそういうの……なにやってきたんだい今まで」

「人生いろいろあるのよ」

昨今珍しい、ソロ活動の勇者だったメイ。

荒ぶる世間を生き延びるためには、正攻法だけでは行けなかったのだ。

「すごいなぁメイさんは……」

「クゥくん、あんまりなんでもかんでも褒《ほ》めるのはどうかと思うよ」

クゥは、基本的にメイのことを「かっこよくて強い優しい人」と思っているので、彼女の行動をいつも尊敬に近い眼差《まなざ》しで見ている。

このままでは、クゥの将来に影響するのではと、ブルーは少し心配だった。

「あ、ああ……」

さらに現れたブルーたちを見たからか、少年は戸惑い、怯《おび》えている。

「ああ、すまない。怖がらないで、キミに危害を加える気はない」

「なにもしなければね」

「メイくん、脅さない」

相手に手っ取り早く言うことを聞かせるにはビビらせるに限るといわんばかりのメイに、ブルーはツッコむ。

「すまないが協力してほしい。ええっと、キミの名前は？」

おそらく、この館の使用人かなにかなのであろう少年に、ブルーはできるだけ怯えさせないように語りかける。

「キーヌ、と申します……」

「そうか、キーヌ、すまない。ここは僕らの言うことを聞いて、館の中の案内をしてほしい」

ブルーは、キーヌと名乗った少年に、できるだけ穏やかな声で告げた。


キーヌの案内で、ブルーたちは邸内を進む。

その途中で、彼からさらにいくらか細かな事情を聞くことができた。

この館は、通常時でもほとんど人はおらず、掃除などで使用人が、週に数度訪れるだけ。

それも、今はある人物が訪れているので、人払いされている。

少年キーヌも、普段はこの館の主の、振興協会会長の従者でしかなく、後片付けを終えたので、しばらく暇をもらって帰る途中だったという。

「その人物って誰よ」

「エルフ族の、デュティという人です」

「やっぱりかぁ」

キーヌの答えを聞き、メイはあらためて疑惑に確信を得た。

「後ろ暗いことをしているから、自分が来た時は、部外者を寄せ付けないようにしているのね」

「そうなんでしょうか」

歩きながら、クゥにはやはり、気がかりが残っていた。

税制度を悪用し、独占市場を作り出し、巨額を得る――一見すれば話は通る。

様々な要点をかいつまめば、それ以外にデュティが魔族領のマンドラゴラ交易を止めようとする理由はない。

だが、だからこそうなずけない部分がある。

「せめて……入金の証拠をつかめればよかったんですが」

ポツリと、思わずクゥはこぼしてしまった。

「入金の証拠?」

それを聞いたブルーが問い返す。

「はい、マンドラゴラ振興協会から、エルフ族にお金が支払われている確かな証拠です。交易をする以上、その場限りのやり取りとは思えません」

たとえそれが裏の取引であろうが、むしろ裏取引だからこそ、法に訴えることができない以上、いざというときのために取引の記録は残している。

いわゆる、裏帳簿である。

「それがあれば、もっと真相がわかるんですが……」

今の状態で、デュティを追及しても、わずかに決め手にかける。

ふと一瞬、ゼオスの顔が浮かんだ。

（そっか……いつもならゼオスさんが、こういうときはヒントをくれてたんだなぁ……）

メイやブルー、他にも多くの人たちが、クゥのことを褒《ほ》めてくれた。

そのことに喜び、充実感を得ていたが、いざ今回のようにまったく彼女と関わりのないところにいると、あらためて、いつも見守られていたことに気づく。

（そういえばゼオスさん……別の案件でボストガルにいるはずなんだけど……どうしているんだろう）

最後に会ったのは、おとといの市場。

翼を消し、天使であることを隠して、雑踏の中に消えていった。

「くくく……」

（え？）

誰かの笑い声が聞こえた。

メイでもブルーでもない。

もっと、底意地の悪い、人を嘲《あざけ》る者の笑いだった。

「なんだ、そこまではまだ掴《つか》んでなかったのか」

声を発したのは、それまでガクガクと震えていたはずの少年だった。

冷たい目を向けて、クゥたちに言ってのけた。

「なにを、アンタ……！」

とっさに身構えるメイ、思わず、剣の柄《つか》に手をかけていた。

（アタシが、剣を取ろうとした？　こんなガキに!?）

百戦錬磨のワンマン勇者なメイが、「剣を取らなければならない」と、考えるよりも先に体が動いた、それだけで脅威の相手という十分な証拠であった。

「困るんだよね。こっちがどれだけ苦労してこの構造を作ったと思っているんだ」

「動くんじゃない！」

ゆっくりと、片手を上げるキーヌ。

メイはそれを制しようとしたが、わずかに遅れる。

「デュティさんもデュティさんだ。エルフなんだから、素直に人間を嫌ってればよかろうに」

キーヌの手には、指輪がハマっていた。

それ自体は、別になんのことはないリング。

しかしそこにはめられていた宝石──否《いな》、それは宝石ではなかった。

どす黒い、血を固めたようななにか……まるで──

「瞳《ひとみ》……!?」

気づいたときには、真っ黒な何かが、メイたちを包み込んでいた。


「──な?」

メイが周囲を見回すと、いつのまにか、景色は一変していた。

古城じみた石造りの壁は消え、毒々しい黒い地面と赤い空が広がる、怪物の腹の中のような光景。

そこに、自分ひとりだけがいる。

「ブルー！　クゥ!!　どこにいるの！　返事しなさい！」

あらん限りの声で叫ぶが、返事は戻ってこない。

ぼこりと、黒い土が盛り上がり、人の形を成す。

「無理だよ、もうキミはここから出られない」

現れたのは、何かしらの力を発動させ、メイをこの世界に送り込んだであろう者、キーヌであった。

「アンタ、一体なにをしたのよ……いや、そんなことどうでもいい。ブルーは！　クゥは！」

光の剣の切っ先を突きつけ、返答次第ではわかっているだろうなと、殺気を放ち問い詰めるが、キーヌはニヤニヤと笑う。

「さぁ、知ったこっちゃないよ。二人揃《そろ》って死んでんじゃないかな?」

からかうように言い捨てるキーヌ。

「じゃあ、アンタも死ね!!」

言うやいなや、斬《き》りかかるメイ。

もはや相手を、容姿通りの子どもなどと思ってはいなかった。

人間であろうが、そうでなかろうが、自分の大切な者たちに危害を加えたならば、それは彼女にとって、「容赦すべきではない」相手なのだ。

「――――!」

迷いなき斬撃《ざんげき》は、一撃でキーヌを袈裟《けさ》斬りにする。

確かな手応え、間違いなく「終わらせた」――その確信を得たメイであったが、直後その目が見開かれる。

「無駄だよ、無駄」

切り裂かれたはずの体は一瞬でくっつき、なにごともなかったようにキーヌは笑う。

「お前もここで死ぬんだ。絶対にね」

「なにを……」

わずかに、頬《ほお》に汗が伝う。

今まであまたの敵と戦ってきた。

炎を吐くドラゴンに、水を操る海獣、山よりも巨大な大ミミズに、毒を吐く妖華《ようか》の魔人をも打ち破ってきた。

しかし、こんな感覚は初めてであった。

（なに？　なにかがおかしい……こいつ！）

カタカタと、剣を持つ手が震えていた。

（アタシが……怯《おび》えているっての⁉）

人類種族最強を自負してきた自分が、こんな感覚に追いやられたことに、メイは数年ぶりに「焦り」を覚え始めていた。

「さぁ……次はこんなのはどうかな？」

パチリと、キーヌが指を弾《はじ》く。

途端に、地面から現れる無数の蛇。

それが、メイの手や足、胴体を縛り付ける。

「ぐっ……！」

「このまま絞め殺してやろう……なんてことはしないよ。ただ嬲《なぶ》りものにするだけさ、動かなくなるまでね……ククク！」

ニヤニヤと、笑い続けるキーヌ。

人間に向けていい視線ではなかった。

玩具《がんぐ》を、もてあそぶときの目であった。

「な……」

言いようのない寒気が、メイの体に走る。

自分の全てをしゃぶりつくそうとする相手を前にした時の、「生理的嫌悪感」であった。

「なめんじゃ……ないわよ!!」

その嫌悪の感覚を振りほどくように、メイはありったけの魔力を解放する。

その勢いに圧《お》され、彼女を縛りつけていた無数の蛇が引きちぎれる。

「アタシにこいつを使わせるなんて、大したモンよ!」

そして、手の中の光の剣に、己の精神エネルギーを限界まで注ぎ込む。

「うるさい、黙れ!」

なおも震える自身の手を叱咤《しった》する。

こんな相手に、恐怖している。

その事実が、不甲斐《ふがい》ない自分自身への怒りが、メイを奮い立たせていた。

「おおおおおおっ!!」

光の剣は、持つ者の精神の力を刃に変換する。

注ぎ込まれた莫大《ばくだい》なそれは、刀身を膨れ上がらせ、巨人の包丁のような大きさにする。

だがそれでも終わらない。

さらに注ぎ込まれ続ける力に、刀身だけでなく、光の剣の柄《つか》すら変質する。

柄は伸び、柄飾りは上下に展開。

そしてその間に、光の弦が張られる。

それはすでに剣ではなく、巨大な長弓であった。

「光の剣……ファイナルバスター・モード……アタシのとっておきだ、喰《く》らって消えろ!!」

勇者メイ・サーの最大究極技。

最大出力で放てば、島一つを跡形もなく消し去る程の破壊力。

かつては、「無限増殖する多頭の邪竜」を一撃で葬り去った。

「死ね！」

引き絞られた矢が放たれるように、最大限まで凝縮された精神エネルギーの塊が撃ち出された。

「ぬうううううっ!?」

その一撃は、さしものキーヌでも驚愕《きょうがく》に値するものだったのだろう。

だが、彼はその一撃すら止め抑えようとする。

「こいつ……どこまでしぶといの!!」

しかし、勇者の最大究極技は伊達《だて》ではない。

少しずつ、その力に圧《お》されていく。

「この………！」

だが、当たる直前、キーヌは両手で抑え込んでいた光の矢を、全力をもって、上に弾《はじ》き上げた。

「なにぃ！」

躱《かわ》すのでも、受けるのでもなく、力の向きを変えて受け流す。

強大な破壊力を持つ攻撃を、最少の被害で終わらせる唯一の対処法であった。

「なんてヤツ……でも、かなり力は消耗したはず！　なら、死ぬまで刻むのみ！」

再び光の剣を構え、斬《き》りかかろうとしたその時――

(………だめ)

「え？」

かすかに、声が聞こえた。

知っている声、大切な者の声だった。

「え……クゥ……？」

それは、姿が見えなくなった、クゥの声だった。

一瞬動きが止まったその時、目の前に、白い翼が舞った。

「まったく、なにをしているのです。あなたは」

こちらは、はっきりと聞こえた。忘れたくても忘れられない、夢にまで出てきてうなされた相手の声。

「剣があなたに教えたでしょうに」

舞い飛ぶ翼とともに現れたのは、税天使ゼオスであった。

「なんでアンタが――」

メイが声を上げるが、その前に、ゼオスの翼が輝く。

次の瞬間、赤と黒に覆われた世界が砕け散った。

「え、ええ……？」

困惑し、周囲に目を向ける。

そこは元の、振興協会の中、古城のような邸内であった。

ただし、壁は崩れ床は斬《き》り裂かれ、天井は砕け散り、百日間大戦争が起こった後のような有様に変わっていた。

「一体、なにがあったの!?」

「あなたがやったんですよ」

戸惑いうろたえるメイに、ゼオスは、彼女にしては珍しく、心から呆《あき》れ果てた顔で告げる。

「よ、よかった……メイさん、正気に戻ったんですね……」

「え、クゥ？」

気づけば、ゼオスの足元に、へたり込んだまま泣いているクゥがいた。

「どういうこと……正気に戻ったって……これをアタシがやったって……？」

「メイさん、あのキーヌって人がなにかをして、その光にあたった途端、急に暴れだして……」

泣きながら、クゥが説明した。

「待って……幻覚⁉　アタシが、ウソでしょ！」

信じられないとばかりにメイは声を上げる。

確かに、世の中には、幻覚や幻惑の魔法がある。

嗅《か》いだ者や触れた者の精神を冒し、錯乱させる物質を持つ魔物もいる。

そんなことは知っている。

何度も経験して痛い目を見てきた。

だからこそ――

「そんなバカな……アタシが、幻覚なんて、そんな初歩の初歩にひっかかるなんて……」

幻に囚《とら》われたことすら気づかないなどあり得なかった。

たとえ高位の魔導師の精神操作系魔法でも、跳ね返せる自信があったのだ。

「無理もないかもしれませんね」

愕然《がくぜん》とするメイであったが、ゼオスは慰めるように言った。

た。

「キーヌ……あのガキはどこ行ったのよ！」

「あなたに幻覚を仕掛けた直後、すぐにどこかに行ってしまいましたよ」

ブルーもクゥも、突如暴れだしたメイで手一杯で、キーヌを追いかけることすらできなかった。

「アタシ……待って、じゃあアタシが攻撃したと思ったアイツは!?」

幻覚に囚《とら》われ、暴れ回っていたときに、手に感じたあの感触、手応え。

誰かを斬《き》った、誰かに最大出力の一撃を食らわせた。

あれまで、幻だったとは思えない。

「そりゃあ……あなたに幻覚を仕掛けた当人以外なのですから、一人しかいないでしょう」

ため息をつきつつ、答えるゼオス。

その視線の先には、瓦礫《がれき》の山から、手だけを伸ばしたブルーの姿があった。

「ブルー!?」

真っ青になって駆けつけるメイ。瓦礫をかき分けると、ボロボロの姿のブルーがいた。

「いやぁ……メイくん、おはよう……」

おそらく、幻覚に囚われたメイの攻撃を受けたからであろう。

胴には袈裟《けさ》斬りをされた跡があり、「光の剣」の矢を跳ね返した反動で、両腕は炭化していた。

「まいったねぇ……いつもの鎧《よろい》を着てたら、もうちょっとマシだったんだろうけど……あはは」

いかに魔王でも、勇者の最大究極技のダメージは生死に関わるものであった。

それでもなお、ブルーは軽口を叩《たた》いた。

「まぁ、死んではいないし。両手も治るよ、これでも魔王だからね」

「…………」

「だからその、泣かないでよ、メイくん」

なぜなら、メイが流す涙が、自分の顔を濡らしていたから。

ブルーは、幻覚に囚われ、暴走するメイを止めようと死力を尽くした。

これが、通常の戦闘ならば、ここまでにはならなかっただろう。

だが、彼は「メイを傷つけず、動きを止める」ことを目的とした。

それは、倒すよりも遥《はる》かに困難な方法。

「殺すつもりで来る、自分と同レベルの相手を、殺さないようにした」のだから。

「アタシは……なんてことを……」

悲しさと情けなさで、泣くことしかできないメイに、ブルーは両手が使えないことを悔いた。

せめて片手でも使えれば、涙を拭《ぬぐ》ってやることもできたろうにと。

「ところで……ゼオスくん、なんで急に来てくれたんだい？」

メイの肩越しに、ブルーは問いかける。

自分たちとは関係のない別の案件でボストガルに来た――ゼオスはそう言った。

……ということは？

「まさか、キミが今回地上に降臨した理由は、デュティ氏が絡んでいるのではないのか？」

ゼオスについて、ブルーも、メイもクゥも、彼女の思惑は計り知れないところがある。

だがしかし、一つ確かなことは、彼女は「偽りを口にしない」のである。

それが天使ゆえなのか、性分によるものかはわからないが、彼女は、それだけはしない。

「キミの理屈では、デュティ氏の調査を行っている途上で、〝たまたま〟僕らの危機に遭遇し、〝ついで〟に手を貸した――というところじゃないのか？」

ブルーの問いかけに、ゼオスは答えない。

否《いな》、答えないというよりも、言葉を選んでいるようだった。

「間違い、ではありません。ただ、正確ではない」

「……ほう？」

その答えに、ブルーが思案を巡らせようとしたその時、彼らが現れた。

「これは……どういうことだ？」

現れて当然の者たちであった。

なにせ、自分たちの拠点で、こんな大騒ぎをしているのだ。

現れないほうがおかしい。

「説明してもらおう」

渦中の人物、エルフ族代表デュティが、ブルーたちを睨《にら》みつけながら言った。

第五章　からまった糸を断ち切る刃

数分前――

マンドラゴラ振興協会本部の一室。

ここは、エルフ族の者が、交渉のやり取りなどでやむを得ず来訪した際の宿泊所としても使われている。

とはいえ、実態として、わざわざ人類種族領まで足を運ぶエルフ族など、交易の代表者であるデュティくらいなのだが。

「旦那《だんな》、悪いことは言わねぇよ、もう手を引いたほうがいいぜ」

その一室で、デュティは、女海賊シリュウと、卓を挟んでいた。

「アンタ、魔族どもが、粗悪なマンドラゴラを売りつけて、暴利を貪《むさぼ》ろうとしているって、ボストガル政府に訴え出るつもりなんだろ？」

彼女は、魔族のマンドラゴラ交易を是が非でも潰《つぶ》そうと企《たくら》むデュティを止めようと、説得していた。

「ことが大きくなりすぎれば、密貿易の事実も明らかになる。そうなれば、今まで積み上げたものが全部なくなるぜ？」

エルフ族がマンドラゴラ交易を始めてから、半世紀近くが経っている。

その間に積み重ねた実績と信頼があればこそ、ボストガルもエルフたちに肩入れするのは間違いない。

だがだからこそ、密貿易が露見すれば、全て失われる。

「もし公になれば、さすがのボストガル政府も……いや、国家連合《ユニオン》が動きかねない。最近あそこは、内部でゴタゴタがあって、綱紀粛正が行われてんだ」

ユニオンとは、人類種族領の多くの国家が加入している連合機関。

軍事、政治のみならず、経済にも多大な影響力を持つ。

「あそこが動いたらおしまいだぜ？　今なら、もみ消すことだってできる、引き時だ」

「…………」

シリュウの説得は、心から、デュティを案じてのものであった。

しかし、デュティは無言で、卓の上の酒杯を取り、口に運ぶのみだった。

「旦那！」

「今夜は、一段と絡むな？」

「絡みもするさ、嫌な予感がしやがる」

シリュウは海賊である。

海上に生きる海賊は、今は凪《なぎ》でも、次の瞬間には大嵐《おおあらし》の中を進む。

その中で研ぎ澄まされた彼女の勘が、やかましいまでに警鐘を鳴らしているのだ。

「なにか不味《まず》いことが起こる」と——

「密輸入の方はあきらめて、そっちの市場は魔族どもにくれてやれ。アンタらはこのまま金持ち向けに商いやってればいい。そうすれば——」

「そうはいかないようですよ」

シリュウとデュティ、二人の会話に、三人目が割って入る。

「キーヌ？　どういうことだい？」

シリュウが問いただすも、その答えを得る前に、邸宅全体を揺り動かすほどの振動が襲う。

地震などの自然現象の類《たぐ》いではない。

「な、なんだ!?」

それは、キーヌの幻覚によって惑わされたメイの放った一撃によるものなのだが、シリュウも、デュティも、そんなことはわからない。

ただわかることは。まるでなにかの強力な、城塞《じょうさい》破壊すら可能な攻撃魔法が炸裂《さくれつ》したような揺れであったということだ。

「魔族の手の者が攻めてきたんですよ。僕も命からがら逃げてきましたが、彼らはどうやら、実力行使に出たようです」

「なんだって……！」

嫌な予感があたった――とばかりに顔を青くするシリュウ。

デュティはただじっと、事態を受け入れていた。

「どうします?」

あえて真実は伏せ、笑みを隠しながら、キーヌは問う。

答えなど分かりきっている。

密貿易市場を守らんとするデュティが、それを潰《つぶ》そうと現れた魔族たちと、戦わないという選択はない。

「行ってくる……」

「旦那《だんな》!?」

決戦の決意を込めて席を立ったデュティの後を、シリュウが続く。

(よし……いい流れだ……)

少年キーヌは、美麗な容姿故に、より邪悪に見える笑顔で、その背中を追った。


そして、現在――

「貴公らだったのか……まともに扉を開ける習慣もないのか、魔王城には」

いつも以上の憤然とした顔で現れた、エルフ族代表のデュティ。

その目には、明らかな怒りと、そして交戦の決意とも言えるものが表れていた。

「違うわよ、これはアンタらの仲間がやったことでしょ、そこのガキよ！」

傷つき、立ち上がることも難しいブルーに代わって、メイが怒鳴りつける。

しかし、デュティは「なにを言っているのか」と呆《あき》れた顔を向ける。

「なぜ当方の関係者が、当方の施設を破壊するのだ？　意味がわかっていっているのか？」

「だから……ええっ⁉」

攻撃を仕掛けられた自分たちが、「攻撃を仕掛けた」と言われているのだ。

これにはメイも困惑するしかなかった。

「それ言ってったら、なんでこっちが身内を攻撃しなきゃいけないのよ！　こっちはブルー死にかけてんのよ！　殺しかけちゃったのよアタシ‼」

瓦礫《がれき》の上に横たわる、死にかけのブルーを指差す。

「ども……五分の四ほど死にかけてます」

口調とは裏腹に、剣呑《けんのん》なことを話すブルー。

「え、そんな死にかけてるの……？」

半殺し程度と思ったが、ほぼ全殺し一歩手前であったことに、メイはショックを覚える。

「ああ、大丈夫だよ。九割五分までならなんとかなるから、魔王だし」

魔族の首領たる魔王なのは伊達《だて》ではない。

人類種族と異なり、基本的な生命力が強いのだ。

「とはいえ数日前の交渉会談でのケガも治りきってなかったんで、ちょっと時間かかるかなぁ」

交渉決裂時に激突しかけたメイとデュティを抑えようと間に入った結果、すでに半分死にかけていたブルー。

幻に囚《とら》われ、全力攻撃をかましたメイを止めるのは、かなりの命がけだったのだ。

「む……その声……？」

デュティが眉間《みけん》にシワを寄せる。

「貴公、ブルー・ゲイセントか？　魔王の」

「あ〜……ども、こちらの姿でお会いするのは初めてですね」

以前、魔王城での交渉時は、お仕事用の全身鎧《よろい》だった。

素顔で対面するのは、今日が初めてである。

「ええぇ〜〜〜!?　そいつ魔王だったのかよ!!」

今さらながら、正体を知ったシリュウが驚きの声を上げる。

「あ、海賊、アンタもいたの？」

「おう、オマエ……どういうことだよ、勇者が魔王となんで一緒にいるんだよ!?」

「いや、だから……」

同じく、今さらながらの疑問を口にするシリユウ。

とはいえ、至極もっともなだけに、なんと言って説明しようかとメイが言葉を選んでいたところに、デュティが口をはさむ。

「シリュウ、どういうことだ？　この女が…勇者だと？」

「え、旦那《だんな》知らなかったのか？　勇者だよ。勇者のメイ、だよ」

「なんだと？」

先の会談で、デュティはメイの名は聞いた。

しかし、「勇者である」ということまでは聞いていなかった。

「まさか……メイとは、あの〝勇者メイ〟だったのか……」

人類種族領では知らぬ者なしの、〝銭ゲバ〟勇者メイ・サーとはいえ、他種族との交流を制限しているエルフ族には、その容姿までは伝わっていなかったらしい。

「なによ、今さら？　そーよ、アタシが勇者メイよ」

ふんぞり返るメイに、デュティは驚くが、その色はやや趣を異にするものであった。

「噂《うわさ》くらいは聞いていたが……」

思っていたのと違った――と言いたげな顔であった。

「しかし、聞いていた外見とは違うな、口が耳まで裂けていないし、額に第三の目もないではないか？」

どうやら、かなり誇張されたイメージのみ伝わっていたらしい。

「どんな怪物よ!?」

真剣な顔で告げるデュティに、メイはツッコんだ。

そこまで行けば、下手な魔王よりも大魔王である。

「なるほど、そういうことか……」

それを聞いた上で、なにかを納得したのか、デュティは数度うなずく。

「この場で魔王を亡き者にし、その罪をこちらに押しつけようとした——と言ったところか」

「なんでそうなる!?」

さらなる予想外の濡れ衣を着せられ、メイは怒鳴りつける。

「貴公が先の交渉時に言っていたろう。魔王城の実質的な主だと……」

「言ったけど……」

「魔王を亡き者にし、自分が世界全てを支配しようとした……そんなところだろう」

「誰がそんな——」

——とまで言いかけて、メイの口が止まる。

なにせ、つい半年程度前に、「世界の半分」を手にするために、魔王と談合しようとしたのだ。

それに比べれば、魔王を殺そうとした分、まだそちらの方が勇者っぽい。

「ち、ちがうわよ！　そんなことしないって！」

「なぜだ？　そもそも勇者と魔王が行動を一つにしていることがおかしいではないか？」

デュティの発言は、なんらおかしなものではないから、説明が難しかった。

「おかしくなんてありません！」

窮地に立たされたメイに代わって、クゥが声を上げる。

「だって二人はラブラブなんですから!!」

「クゥ……言い方……」

面と向かって恥ずかしい表現をされ、メイは顔を赤らめうつむく。

「それは……なんだ？　古《いにしえ》の精霊語か？」

大真面目に、言っていることが理解できないデュティ。

「え……おい、それって……」

反して、なんとなく言っている意味を察したシリュウ。

「ええっと……」

仕方なく、半死半生——正確には五分の四死んでいるブルーが説明する。

「夫婦なんです、僕ら」

「は？」

二人揃《そろ》って、唖然《あぜん》とした後——

「なんだとおおおおお!?」

いち早く絶叫にも似た声を上げるシリュウ。

「おま、アンタ、ちょ、アレと、アイツと夫婦になったってか!?」

「あ、はい」

「正気か!?　今ならまだ間に合う、考え直せ!!」

勇者と結婚したことを海賊に咎《とが》められる魔王という、世にも珍しい光景が発生した。

「どういう意味よ!?　なんでそこまでアンタに言われにゃならんのか！　ってか、こいつが魔王って知ったときより驚いてんじゃないのアンタ!?」

「たりめーだぁ！　目の前で不幸になろうとしているヤツがいるのに、ほっとくなんて海賊の仁義にもとらぁ！」

抗議するメイに、正面から反論するシリュウ。

彼女は純粋に、好意と善意で発言していた。

「いやぁ〜……あの、お気持ちはありがたいんだけど、愛しているんです、彼女を」

ちょっと申し訳なさそうに、ブルーが言う。

「マジかよオイ……」

それを聞き、シリュウは信じられないと言うか、救いようがないとでも言わんばかりの顔となった。

「言いたい放題言ってくれんじゃないのよアンタ……」

面と向かって「愛している」と言われたので、頬《ほお》を引くつかせながらも、同時に赤らめているメイ。

そのやり取りだけで、信じがたいが「魔王と勇者の夫婦」であることが証《あか》されていた。

「なんだと……」

一方、シリュウとはまた別の形で衝撃を受けているデュティ。

「なによ、アンタもなんか言いたいの？　って……ちょっと」

またなにかしら皮肉か嫌味でも言われるかと思ったメイがその顔を見て、わずかに驚く。

「異種族同士の……恋愛か……」

始終険しい顔の彼が、どこか憂い気な、まるで……憧憬《しょうけい》するような表情をしていたのだ。

「アンタ、なによ、その顔……？」

これにはメイも戸惑ってしまう。

「なんだと……そんなの聞いてないぞ……」

メイとブルー、「勇者と魔王の夫婦」という真相を知って、戸惑い驚いたのは、シリュウとデュティだけではなかった。

小さいが、確かにこぼれたその声を、ブルーは聞き逃さなかった。

「なにを驚いているんだい」

彼の視線の先には、ぎくりとした顔の美少年、キーヌがいた。

「計画が失敗したのかな？　僕らをわざと争わせて、『先に手を出した』事実を問題とすることで、密貿易の事実を公にさせまいとしたんじゃないのかい？」

先の魔王城での交渉では、「メイがブチギレて手を出した」ことで、大きく不利になった。

交渉事とは、時に相手を怒らせたほうが有利に進むことはある。

「でも、欲張りすぎたみたいだね。〝仲間割れ〟まで演出しようとしたみたいだが、僕らに殺し合う理由はなかった」

「なんだ……このガキ……」

小さく、キーヌが毒を吐く。

「どういうことだキーヌ？」

「なんでもありませんよ。聞く耳を持つ必要なんてありません。こいつらがなにを企《たくら》んでいるかは、あなたも知っているでしょう！」

その言葉を聞き、ブルーの脳裏に、一つの疑念が浮かんだ。

「もしかしてキミの本当の目的は、幻術で暴走したメイくんに、デュティ氏すら殺させることだったんじゃないか？」

「だ、黙れ！」

人類種族最強のメイの暴走。

まともに止められるとしたら、命がけで挑んでも魔王くらいだろう。

だがキーヌは、ブルーが魔王であることを知らなかった。

「ウチのメイくんは強いよ、そりゃもう毎日ぶっ飛ばされている僕が言うんだ、間違いない。

本来なら今頃は、暴走したメイくんが僕やクゥくんを斬《き》り殺すタイミングだ」

メイにしかけられた幻術は「見るものを敵と思う」である。

現れたデュティも、当然敵と認識し、メイは襲いかかっただろう。

「申し訳ないが、デュティ氏の力ではメイくんには勝てない」

高度な魔力を持つエルフ族、その中でも代表クラスのデュティは、相応の力を持っているだろう。それこそ、メイが「剣を抜く相手」と認識する程度に。

しかし、それだけである。

だからこそ、先の交渉会談の際、ブルーは両者の攻撃を自分で受けたのだ。

それはデュティを守るためだった。メイにデュティを殺させないためだったのだ。

「キミの目的は、デュティ氏の殺害……いや、関係者全員をメイくんに殺させて、それによって目的を果たすことだったんじゃないのかな?」

ブルーはキーヌが何者か知らない。

この場において、どのような立ち位置にいる者か知らない。

しかし、わずかな会話から、デュティに仕え、彼から「他種族ながら信頼に足る相手」とされている者であることは察した。

だからわかる。

「デュティ氏は基本エルフ領を出ない。キミはその代理として、人類種族領で活動しているんじゃないのかい？　とすれば……そういう立ち位置の人間は、ちょっと怖くてね」

ブルーは、メイのように裏社会に通じていないし、クゥのように財政のプロでもない。

だが彼は、「魔王」である。

「魔」であるが「王」……すなわち、為政者であり、政治家なのだ。

だからこそ、わかることがある。

「信頼を得て、大きな権限を委任されている者が、時に自己の利益を求めようと、歪《ゆが》みを起こすことがあってね」

それは、彼自身が以前に体験したこと。

二十年にわたって仕えていた宰相が、裏切りを働いていた。

「なにが、言いたいのか？」

デュティが、わずかに苛《いら》ついた口調で問いかける。

ブルーは、それを前に、少しだけため息を吐《つ》く。

メイは散々に彼を罵倒《ばとう》していたが、やはりデュティは、善悪で言うならば、善良の側に属する人物なのだろう。

だから、気づき始めているが、明言できない。

「クゥくん……さっき言っていたこと、あったよね？　マンドラゴラ振興協会は、高額な税金を、利権確保と密貿易の隠匿のために用いているんだよね？」

「は、はい……」

エルフ族が密貿易を主導していることは、組んでいるシリュウが自ら口にした。

低品質なマンドラゴラが流れ込むことで市場の崩壊を懸念していたデュティだが、密輸品のそれは、魔族領産のマンドラゴラに、価格品質共に劣ることが証《あか》された。

そしてそのデュティとシリュウは、振興協会の館にいる。

彼らがグルなのは、すでに明らかである。

「本来なら、こんなことを考えるのは、非常識なんだ。なんせ初対面なんだから。名前すらさっき知ったばかりの人だ。でも、疑うに足る材料があってね」

おそらく、地上の事情では、そう考えることは非常識なのだ。

しかし、今回は異なる。

その疑念を裏付ける、最大のイレギュラーが、文字通り、「天から降りてきている」のだから。

「今さら言うのも遅いかもしれないんだけどね。僕らの後ろにいる彼女は、天使様だ」

「なに!」

ブルーが指差す――否《いな》、両手が炭化しているので、代わりにアゴで示した先には、確かに、白き翼の天使ゼオスが立っている。

「天使だと……？　なぜここに？」

建物の破壊っぷりと、メイやブルーらに気を取られていたが、本来なら一番に驚くべき相手である。

「ちなみに彼女は、天使は天使でも、税天使だ」

「税天使だと!?」

絶対神の名のもとにおいて税を徴収する、税の天使の存在は、エルフ族も知っていたらしい。

「なぜ税天使がここにいる!?　我らは疑われるようなことはしていないぞ!!」

だからこそ、デュティは今まででもっともうろたえ、同時に、自分だけでなく、種族の潔白を訴える。

「…………」

しかし、ゼオスはなにも言わない。

おそらくそれは、まだ「天界が関与すべき案件か」判断が下される前だからだろう。

〝ゼイムチョウサ〟は、ランダムに選ばれるようで、実際はある程度目星をつけて行われると、以前にゼオス自身が言っていた。

すなわち、ここにいる、デュティ、シリュウ、そしてキーヌのいずれかが、「怪しい納税がある」と判断されたわけだ。

「ゼオスくん、違うなら違う、と言ってあげたほうがいいんじゃないか？」

ブルーは少しだけ、意地悪く問いかける。

「今はその段階にありません」

その問いかけに、ゼオスはそれ以上でもそれ以下でもないというように返す。

「なるほどねぇ……ははっ！」

体の五分の四が死ぬ重傷を負いながらも、ブルーは思わず笑った。

その返答こそ彼女らしい。

答えに近いヒントを与えてくれた。

「デュティ殿、あなたは今、納税に不審な点があると疑いをかけられているんですよ」

「だから、我らはそのようなことはしていない！」

さらに声を荒らげるデュティ。

「ええ、そうでしょうね。でも――」

ブルーも、デュティが税金逃れをしているなどと思ってはいない。

彼はおそらく、そんなことをするタイプではない。

「でも税金って、気づいたら実はちゃんとしていなかったってことが、多いんですよ」

これもまた、ブルーが自分で経験したことである。

「ねぇブルー……アンタ、なにが言いたいのよ?」

今まで黙って聞いていたメイが、いよいよ疑問を抑えきれず、問いかける。

「うん、だからさぁメイくん……デュティ氏はいつのまにか、〝そうなって〟いたんだよ」

税天使が降臨する理由は、「正しい納税が行われていなかった」時。

すなわち、本来の税金より「少なく」納めている時だ。

「クゥ……納税額が足りない時っていうのは、どういう時だい？」

ブルーはクゥに問いかけた。

「それは……収入を得るために必要とした費用――〝ケイヒ〟が多すぎた時です」

かかった費用が多くなりすぎて、「儲《もう》け」が少なかったと申告すれば、税金は減る。

しかし、経費を過剰に申告して、実際の「儲け」を減らすよう工作するのも違法なのだ。

「でも他にもあるよね？　そもそもの〝収入〟自体を少なく申告する」

「はい……〝ショトクカクシ〟と呼ばれるものです。儲けを本来よりも少なく申告して、課税額自体を減らす……って、ブルーさん!?」

「そう、そうなんだ」

ゼオスが疑っているのは、デュティがその〝ショトクカクシ〟を行っている可能性があるからなのだ。

「デュティ殿、ゼオスくんがあなたに疑いをかけているのは、あなたが本来ならもっと高額の利益を得ているはずなのに、それよりも少ない納税しかしていないからですよ」

「だから、私はそんな不正はしていないぞ！　くだらん疑いは止めてもらおうか――」

そこまで言いかけたところで、デュティの口が止まる。

デュティは虚偽を働いていない。

なのに、虚偽があると疑いをかけられている。

ならば答えは一つしかないのだ。

「前提が違うんです。あなたは所得に基づいた納税をしていたつもりでしょうが。その所得が、過少にあなたに報告されていた……いや、もっと単純に言うならば」

震え始めるデュティに、ブルーは核心となる言葉を向ける。

「横領が行われていたんです。あなたに……いえ、あなた方エルフに入るはずだった収益を、横取りしていた者がいたんです」

「バカな……！」

デュティの目が、ゼオスに向けられる。

ブルーの言っていることが真実なのか、問いただそうと。

「…………」

しかし、ゼオスはなにも言わない。

だが言わないまま、視線のみ、ある方向に向けていることに気づいた。

その先には、デュティでもブルーでもなく、マンドラゴラ交易の売買取引の一切を担当しているキーヌがいた。

「キーヌ、貴公なのか……？　だが、どうやって、なにを……？」

デュティとてバカではない。

なにもかも全て任せきりにはせず、監督監視も行っている。

彼が、マンドラゴラ交易で得た利益を、横領した形跡など、認められなかった。

「税制度を悪用したんです」

ここからは、クゥの出番であった。

「マンドラゴラ交易が、どのような形で行われているか、ご存じですよね？」

「無論だ。一旦全て、マンドラゴラ振興協会が買い取り、その上で、各国の業者に卸される」

「ええ、そうです」

販売のノウハウを持たないエルフに代わって、全てを買い上げることで、彼らに損がない交易制度――のはずだった。

そのことはすでに調査ずみである。

「振興協会は、各国の業者に売りさばく際に、通常利益分と、さらに関税とマンドラゴラ税の二重課税を行い、ここで従来の仕入れ値の数倍のお金を得ています」

本来税金とは、国家、もしくはそれに準じる公的な存在が徴収するようにできている。

しかし、マンドラゴラに関する税金については、財団法人である振興協会が、それを全任されていた。

「振興協会は、得たそのお金を、人類種族領のマンドラゴラ業者に分配し、国内産業の保護と維持に用いるはずでした」

しかし、人類種族領のマンドラゴラ産業はあまりに貧弱、とてもではないが、高額の税金を注ぎ込む規模ではなかった。

「ですが、実態として、年間数十億イェンともなる大金の大半は、貴族や王族への寄付名目での裏金、さらに振興協会に元官僚や大商人などを、実働のない幽霊役員として迎え入れ、役員報酬という名目で、これまた実質的な裏金として消費されていました」

「…………」

クゥの説明を、デュティは黙って聞いている。

ここまでは、彼も内容は把握していた。

薄汚い取引に見えるが、これも含めて、やむを得ない理由が彼にはあったのだ。

「ですが、ここがおかしかったんです。この大金は、本来は……エルフ族の皆さんが得るはずのものだったんです」

「なに!?」

しかし、この事実までは彼も知らなかった。

「ど、どゆこと？　関税って、そういうもんだった？」

メイが、困惑しながら尋ねる。

「メイさん、思い出してください。関税は本来、国内産業の保護と維持のためのものです。でもそもそも人類種族領では、マンドラゴラは作れない。産業規模が違いすぎるんです」

産業を保護するための関税が、保護する対象が国内にいないのならば、用いられる向きは一つしかない。

「マンドラゴラに関する諸税は、エルフ族への援助金として設立されたものなんです。『人類種族領向けのマンドラゴラを、安定して供給してもらう』ためのものなんです」

従来の交易制度に基づけば、エルフ族は圧倒的優位なのだ。

高い需要を持つマンドラゴラを、しかも高品質なそれを独占している。

人類種族側は、「売ってもらっている」立場なのだ。

「ごめん……もうギブ……」

深刻な状況の真《ま》っ只中《ただなか》で、メイが手を挙げる。

「もうなにがなんだかわっかんないわよ！　なに？　誰が悪なの!?　どれが敵なの!?　もうホント頭痛くなってきたんだけどぉ!!」

泣き叫ぶメイの頭からは、湯気が立ち上り始めていた。

だがそれも無理のない話である。

構造があまりにも複雑に入り組みすぎており、ブルーはおろか、クゥでさえも解きほぐすのに精一杯なのに、なんの知識もないメイでは、聞けば聞くほど理解不能になろうというものであった。

「振興協会とデュティはグルじゃなかったの!?　金はどこからどう動いてたの!?　密貿易に一

体どう絡んでんのよ!? あのガキはなにをどうしたの！！！」

頭をかきむしりながら泣きわめくメイ。

彼女の脳裏にあったのは、その昔、とある都にあったというオブジェである。

考えうる限りのあらゆる方法で柱に縄を結び、「この結び目を解いた者は世界を支配できるであろう」と予言が残された。

多くの者が挑戦したが、あまりにも複雑怪奇すぎて、誰も解くことができなかったという。

約一名を除いて――

「ええっとですね……ですから、振興協会に、デュティさんたちエルフは裏切られていたんですよ」

「グルだったんだけど、グルじゃないと裏切れないだろ?」

クゥとブルーが、それぞれ説明を試みるが、メイの頭の湯気は止まらない。

「そこがもうわかんないのよ！ 振興協会って、デュティが作ったんじゃないの？ あのキーヌはなんなの？ どーゆーポジ!?」

ついには目端に涙を浮かべ始めていた。

「はぁ………」

そこに、ことさら大きく、ゼオスのため息の声が響く。

「メイ・サー……あなたは、料理を作るのがド下手くそでしたね」

「う、うん……ってか、〝ド〟は付けなくてもいいわよ、〝ド〟は」

「とあるところに、あなたのような人ばかり百人ほど住んでいた村があったとしましょう」

業を煮やしたのか、たとえ話で解説を始めるゼオス。

「村人は全員自分でご飯が作れない。しかし、一軒だけ食堂があったとします。どうします？」

「そりゃそこ行くわよ」

「ところがその食堂が廃業の危機に晒《さら》されたとします、どうします？」

「そりゃ困るわね……食べるとこなくなるじゃん」

「そうですね、村人たちは皆あなたと同じく料理がド下手くそなので」

「だから〝ド〟は……もういいわよ……」

メイの料理の腕前は、下手を通り越し、「呪詛《じゅそ》師」級と言わしめるほどである。

なにせ、食べられる材料を組み合わせて作ったはずなのに、ブルーが食べると、魔王である彼が一口で悶絶《もんぜつ》ししばし動けなくなったほど。

もはや一種の「呪《のろ》い」に近しい。

〝ド〟が付いているくらいは、なにげにまだ常識の範囲内に入れてくれているくらいなのだ。

「その食堂の廃業の理由は、値段が安すぎたからです。一人１００イェンで食べ放題」

「ばっかじゃないの！　そりゃ潰《つぶ》れるわよ!?　もっと取りなさいよ！」

ゼオスの〝たとえ話〟に、メイは当然とばかりに言った。

「そうですね、そのとおりです。なので、お店を続けるために、料金を上げました」

「えっと……あ！」

そこまで話が交わされたことで、メイもようやく見えてきた。

「そうです、この値上げ分が、今回の例で言えば、関税の使い途《みち》なのです」

関税は本来、自国産業の保護と維持のために用いられるもの。

しかし、気候や天候、土壌やその他諸々《もろもろ》の関係で、どれだけ予算を注ぎ込んでも、産業レベルにまで達しないというものもある。

「料理のド下手くそな人が、どれだけ料理教室に通っても、食べられるレベルのモノが作れないように、無理なものは無理な時があるのです」

ならばどうするか……「自分たちの代わりに作ってくれる者への保護」である。

「食堂が潰《つぶ》れれば、皆ご飯が食べられなくなります。ですから、皆が少しずつ、代金に上乗せしてお金を払う……それが今回の構図なのです」

人類種族領では、事業規模までは作れないマンドラゴラ。

それを今後もエルフたちに安定供給してもらうため、彼らがマンドラゴラ交易を円滑に行えるように支払う補助金、その財源が、関税だったのだ。

「でもそれだと……最初からエルフ族に高値を払ってマンドラゴラ買えばよかったんじゃない。なんで間に振興協会なんて入れたりしたの？」

先の食堂のたとえのように、代金そのものを上げればいいはずである。

しかし、メイが疑問に思ったような、単純な話では済まないのだ。

「それはエルフ族に市場が依存しすぎる行為になるのです」

「えっと……」

「先程のたとえに戻りましょう」

再び頭から湯気を出し始めたメイに配慮し、ゼオスは「食堂のたとえ」に戻る。

「村には食堂が一軒しかないのです。なくなれば皆が困ります。ですから、上げ放題です」

嫌なら他所《よそ》に行く——という、選択の余地がないのである。

そうなると、独占市場化し、価格は高騰する恐れがある。

「サンドイッチ一つ1万イェンと言われたらどうします？」

「ざっけんなコラァ！　って思うわね」

「でも他に店はないのです」

「ぐぬぬぬ」

独占市場化した世界の不条理に、たとえ話でありながらもメイは歯ぎしりをする。

「なので村人の一人が代表となって、一人月１０００イェンずつ集め、それを食堂に経営の補助金として渡し、価格はあくまでも適正にするよう交渉しました」

「なるほど……一定の金額を納めることで、異常な値上げはさせないようにしたわけね」

月1000イェンは痛いが、それでも一食1万イェンにされるよりはずっとマシである。

食堂からしても、値上げしすぎて誰も来なくなるよりは、毎月一定のお金が約束される方が安定して継続した商売ができる。

「これを〝カカクトウセイ〟と言います」

生活に大きな影響を与える商品などが、市場原理に「任せすぎて」高額化しないようにする制度である。

「この代表者が、今回の話で言えば、マンドラゴラ振興協会になります」

エルフ族相手に交渉を行い、一定の補助金を支払う約束を交わすことで、安定した価格でマンドラゴラを納めるように計らう、「人類種族側の代表者」である。

「え……ちょっと待ってよ。エルフはそんなお金、もらってなかったんでしょ？」

「はい。存在すら知りませんでした」

ようやくメイにも、ことが見え始めてきた。

「マンドラゴラ振興協会とエルフ族は、仲間ではありますが別組織です。ですから、先程魔王ブルーが言ったでしょう？　グルだからこそ、裏切れたのです」

本来ならエルフ族との仲を取り持つはずの振興協会は、エルフ族に回すはずの補助金の存在を隠し、自分のものとしていた。

エルフたちは、補助金の存在すら知らなかったのだから。

その結果、販売価格は上がり、マンドラゴラ税と関税の二重状態になり、価格は高騰の一途をたどったのである。

「食堂のたとえで言うならば、補助金名目で金を集めた村の代表が、自分の懐に入れた……と言ったところでしょうか」

「じゃあ、つまり、えっと……」

こんがらがっていた話を、メイは悩みながら解きほぐし、彼女らしいシンプルな結論に至る。

「エルフ族は、だまされてたってこと？　振興協会に？　なんでそんなのまかり通るのよ！　食堂……いや、エルフもおかしいと思わなかったの？」

それが、ことの真相であった。

「そこが今回の巧妙な……そして、複雑化したところなんです」

そこまで話したところで、今度はクゥが発言する。

「はい。本来ならもっと早く明るみにでるはずでした。しかし、ことごとくそれは隠匿されてきました。大量の裏金で、穴を塞《ふさ》いだんです」

「なんでもっと早く気づかなかったのよ」

「それは――」

メイの疑問も当然である。

本来なら、エルフ族がいつ交易を引き上げてもおかしくない。

そうさせないための補助金が支払われていない。

——にもかかわらず、その金が横流しされ続けていたのは……

「エルフ族が……いえ、もっと言えば、デュティさんが、マンドラゴラ交易をやめるようなことはしないと知っていたからです。そこに付け入り続けたんです」

「!?」

クゥの説明を聞き、デュティの顔がこわばった。

「あなたは、振興協会の裏金工作は、密貿易に手を出させないためのものと聞いていたんじゃないですか?」

「そ、それは……」

密貿易の話を振られ、デュティはとっさに口ごもる。

彼にとっては、公に認めることのできない案件なのだ。

「旦那《だんな》、こいつらもう全部知ってるよ。一旦そこは置いときな」

それを、シリュウがあきらめたように諫《いさ》める。

同時に、彼女は少しずつ先程からなにも口を開こうとしないキーヌへと間合いを詰めていた。

話は、さらに核心へといたろうとしていた。

「あなたが、なぜ密貿易に固執するのか……正直、わたしはわかりませんでした。利益は上がるでしょうが、決して、大儲《おおもう》けできるたぐいのものではありません」

それは、クゥの抱き続けていた疑問の一つだった。

当初クゥは、「関税とマンドラゴラ税で高額にすることで、低所得層に手に入りづらくして、裏市場での需要を得ようとしていた」と考えていた。

しかし、それでも筋が通らない。そもそも密貿易は、販売も運送も裏ルートを用いねばならない関係で、どうしても割高になるのだ。

事実、彼は正規の交易船ではなく、海賊船に発注をしていたくらいだ。

「ですが、関税制度が悪用されている現状を鑑《かんが》みれば、話は変わります。あなたの力では、関税を下げさせることができなかった。高騰化を止めることができなかった」

むしろ、関税の分、価格を下げることもできないのが現状であった。

その結果が、ひと瓶50万イェンという、超高級商品化である。

「だから……お金のない人たちが、マンドラゴラを買えるようにするには、密貿易しかなかった。手間はかかるし、割高ではありますが、まだなんとか手に入る金額で売ることができた」

密輸品は、端切れや形の悪いもの、皮付きといった部分だが、薬効成分はある。

少なくとも、病やケガで苦しむ人たちには十分なものであった。

「あなたが密貿易にこだわった理由は……貧しい人たちのため、ちがいますか？」

「…………」

クゥの問いかけに、デュティは答えない。

答えないが、拳《こぶし》を握りしめ、歯を食いしばり、苦痛に耐えるようにうつむいていた。

それが、全てであった。

「このエルフが……貧しい人たちのために罪を背負ってたってこと？　だって、エルフって人間嫌いじゃないの？」

メイにとっては信じられない話だった。

エルフの他種族への偏見は激しく、交易を行っているのも、やむを得ず人類種族しか作れない必要な工業品や医薬品を購入するため、それが彼女の認識だった。

「オマエにゃ信じらんねぇかもしれねぇがな。旦那《だんな》は、エルフの中では、信じられねぇくらい、人間に友好的なんだぜ」

沈黙するデュティに代わって、海賊シリュウが言う。

「アタイは、交易で直接エルフ領に行くからな。キッツいもんだぜ、こっちとろくに目も合わせないし、聞こえるように〝耳みじか〟なんてささやきやがる」

耳みじか——とは、エルフ族が、人類種族を蔑《さげす》んで言う言葉である。

古くは、罪を犯したエルフ族は、耳を切られた上で、集落を追放された。

彼らからすれば、人類種族は、「追放された罪人」の同類という認識なのだろう。

「でも、だけど……」

メイの脳裏に、いつかの交渉の席で、デュティを「耳長」と罵倒《ばとう》してしまったことが思い出された。

あの時デュティは激しく怒ったが、それでも彼は、メイのことを「耳みじか」とは呼ばなかった。

「メイくん……キミはデュティ氏を〝あのエルフ〟と呼んでいたが、デュティ氏は僕らのことを、種族に関係なく名前で呼んでいるよ」

「それは……！」

少なくともデュティは、種族に関係なく、相手の人格を尊重していた。

ブルー相手にも、クゥ相手にも、メイにすらそうだった。

「先の食堂のたとえで言うならば、食堂側は、自分たちの経営補助のために村人から集めていたお金を、代表者から『食堂を利用する許可料』だと説明されていたようなものですね」

「食堂の許可料!?　なによそれ！」

ゼオスのたとえに、さすがにメイも違和感を覚える。

無理のあるたとえだが、逆に言えば、そんな「無理を通していた」のが現状なのだ。

「他の食堂が潰《つぶ》れないようにするお金として徴収していたんです」

「でも、他に食堂ないんでしょ？　村に一軒しかないって言ったじゃん」

「ええ、ですから、〝ある〟ことにしたんです」

それが、振興協会が重ねてきた、偽りの活動実績の数々である。

「しかも許可料は高額……月に10万イェン払えと言われればどうします？」

そんな高額は、貧乏人は払えない。

「なにも知らない食堂の主は、貧乏人たちを憐《あわ》れみ、裏でこっそり安く食べさせてあげていた……しかしそれを村の代表に見つかった。そこでこう言われたのですよ。『黙っててやるし、他の気づいた奴も言わないようにする。だから……売上のいくらかを口止め料によこせ』と」

「なによそれ……？」

理不尽と不条理がミルフィーユのように重なった話だった。

貧困層がマンドラゴラを得られなくなった元凶こそが振興協会であり、裏で貧困層に売ってあげていたエルフたちに「口止め料」を要求していた。

それも、共犯者の体裁で。

「デュティさん……あなたは貧しい人たちのためになんとしても密貿易を続けなければならなかった。そのために、大量の裏金を各方面に贈る必要があった。振興協会はあなたに協力する体裁でそれを請け負っていたんじゃないですか？」

そこまで語ったところで、クゥの声に、憤《いきどお》りの色が混じる。

「そのデュティさんの好意を利用し、裏金としてバラまいてなお残る多額の金銭を横取りしていた人がいる」

それができたのは、マンドラゴラ交易の会計を一手に握り、同時に、デュティが個人的な感情から人類種族を見捨てないと知っている人物。

複数の名義どころか、奇妙な力を持って、複数人物に成り代わることができた者――

「それがあなたです、キーヌさん」

クゥが、キーヌを睨《にら》みつけた。

「ですが、やりすぎてしまったんですよ。本来なら入るはずのエルフ族への補助金を、ひたすら着服しすぎた結果、天界が……税天使さんが気づいてしまった」

エルフ族の納税は間違っていない、正確なものであった。

だが、彼らのもとに入る前に横取りされていたのでは、どれだけ正確な納税を行っても、論理的に想定される額とは異なる数字になる。

ゼオスはそれを怪しんだのだ。

「でも、デュティさん自身はなにもしていない。だから〝ゼイムチョウサ〟に移れなかった……あなたは、自分が行っていた〝フンショクケッサイ〟の罪すら、デュティさんに被せようとしていたんです」

フンショクケッサイ――それは、実態よりも売上を低く見せることで、納税額を引き下げようとする、脱税行為である。

「異論はありますか？」

「ふふふ……」

「?」

問い詰めるクゥに、キーヌはニヤニヤ笑いながら向き直る。

「ひどいなぁ……全部僕を悪者にしているじゃないですか……僕のせいにすれば全てが丸く収まると思ってません?」

「なら他に、理由があるっていうんですか!」

「あるさ」

ここに来てなお、キーヌには勝ち目が残っていた。

だからこそ、彼には大きな余裕があった。

「アンタたち魔族が、市場の独占をしようとしているんだよ」

「なんですか、それは!」

キーヌの反撃に、クゥが眉《まゆ》をひそめた。

「魔族領産のマンドラゴラは、関税を課した上でも、密売品より安い。そうなるとどうなると思うよ。わからないなんて言わないよね?」

「それは……」

裏で売られる非正規品よりも安い正規品が出回れば、当然消費者はそちらを求める。

「そう、デュティさんの密貿易品は駆逐される。アンタたちは、低所得者層向けのマンドラゴラ市場を自分たちのものにできる」

人類種族の農業技術を取り入れ、大規模な資本投入を行い、人工栽培に成功した魔族。

人類種族領でのマンドラゴラ栽培が不可能な現状では、富裕層向けは無理でも、低所得者層向けの市場独占は可能である。

「エルフ族の密貿易を駆逐した後、アンタたちが独占したら、どうなると思う？　ねぇどうなると思う？」

ニヤニヤと、意地の悪い笑みを浮かべるキーヌ。

下手に整った容姿なだけに、その不気味さもひとしおだった。

「ど、どうなんのよ……！」

苛立《いらだ》った声で言い返すメイ。

「わかんないかなぁ、値上げし放題だよ。もう他には競争相手がいないんだ。貧乏人どもの弱みに付け込んで、上げ放題さ！」

キーヌの言っているのは、「魔族によるダンピング疑惑」であった。

異様に低価格な商品を流し込むことで、同業者を潰《つぶ》し、競争相手がいなくなったあとに市場を自分の意のままにしようとする、〝ドクセンキンシ〟の法に反する行為である。

「アタシたちがそんなことするっての！　どういう了見で！」

「あのさぁ、つい最近まで、魔族は人類と戦争してたんだぞ」

「うっ！」

声を上げるメイに、キーヌは冷たい声で返す。

停戦してまだわずかな期間しか経ていない。

表立った交戦ができないので、経済的な攻撃をしかけようとしていると疑われても、やむを得ない状況なのは事実であった。

「あなたデュティさんに吹き込んだんですね……魔族が人類種族を苦しめようとしている。どんな手段をもってしても、マンドラゴラ交易を阻止しなければならないと」

当初からのデュティの攻撃的な姿勢は「商売敵」のそれではなく「侵略者」への敵意だった。

その原因がキーヌにあることを、クゥは知った。

「間違っちゃいないだろ。それとも〝そうじゃない〟証拠なんてどこにあるんだい？」

キーヌの論拠を崩すのは困難だった。

信頼関係とは、実績をもって培われる。

今まで戦争相手だった種族が、いきなり商売をしましょうとやって来ても、それ以前から商いをしている相手以上の信用を勝ち取るのは難しい。

「こいつ、なんでこんな自信満々なのよ！」

「多分、わたしのせいです………」

「え？」

勝ち誇るキーヌの姿に苛立《いらだ》ちを隠せないメイに、クゥは悔しげにつぶやく。

「さっき、わたし、この人の前で言っちゃったんです。『せめて裏帳簿があれば』って」

「それ、重要なの？」

「はい……」

裏の取引を記した帳簿――それがあれば、エルフ族への補助金をキーヌが着服していた決定的な証拠になる。

「おそらく、この建物のどこかにあるでしょうが……」

「じゃあ家探しして!!」

「できません……」

この邸宅は、振興協会のものである。

責任者はキーヌであり、彼が認めなければ捜索はできない。

この状況で、彼が承諾するわけがない。

「は！　そうだ！」

名案を思いついたとばかりに、メイはゼオスに振り向く！

「ゼオス！　アンタの〝審判の光〟なら！」

税天使が使える、神の奇跡の力、〝審判の光〟――一瞬にして、膨大な経理実態を詳《つまび》らかにする。

「できません」

「なんでぇ!?」

すげなく断られた。

「その理由がありません。キーヌ・アンタルに横領の疑いがありますが、状況証拠のみです。決定的なものがなければ、私もなにもできません」

神の力は、絶対であるがゆえに、その使用には絶対の公平性が求められる。

この段階では、魔族とエルフ族の商取引トラブルでしかなく、税天使に介入する理由はないのだ。

「じゃあ、決定的な証拠ってなによ?」

「そうですね、裏帳簿とかですか」

「それがないから困ってんのよー!!!」

相変わらずのゼオスの融通の利かなさに、メイは雄叫《おたけ》びを上げる。

「ちょっとエルフ……いや、デュティ!」

この時、メイは初めて、デュティに名前で呼びかけた。

「お願いよ、アタシたちを信じて! いや、アタシを信じなくてもいい、ブルーやクゥを信じて! 特区でマンドラゴラ作りをがんばった、魔族や人間たちを信じて! 決してアンタが思うようなことはしない!!」

メイは必死で訴えるが、デュティの反応は鈍かった。

「今さら私に……なにを信じろというのだ……」

「そんな……」

信じてくれと訴えられても、今まで信用していた者が裏切っていたかもしれないという状況に立たされているのだ。

信頼や信用の根本が揺るがされているデュティに、判断はできない。

メイの言葉を拒絶しないだけ、彼は温情的であった。

「ブルー！　アンタもなんとか言いなさい！」

しばし、じっと無言で静観していたブルーに、半ばやけくそのように怒鳴りつける。

「う～ん」

「う～んじゃなくて！」

先程までの鋭利さはどこへやら、ブルーは妙に緊張感がなかった。

「いや、これはもう僕らではどうしようもない」

「あのねぇ！」

「だから多分、そろそろなんだ」

「は？」

ブルーの言葉に、諦《あきら》めの色はなかった。

むしろ、「機は熟した」と言わんばかりであった。

「もうそろそろいいんじゃないかな、ノーゼくん」

明後日《あさって》の方向に声をかけるブルー。

そこには、誰もいないと、その場にいる皆はそう思っていた。

事実、クゥやデュティ、シリュウはもとより、百戦錬磨の猛者であり、闇夜《やみよ》の森の中で息を潜める獣の気配すら察知できるメイでも気づいていなかった。

だから、ブルーも確信があって言ったわけではない。

しかし、彼女が現れるとしたら、このタイミング以外ありえず、そしているとしたら、この誰も気にしていない「なにもない」ところだけだろうと予想したのだ。

「あらー、バレてました」

ひょっこりと物陰から、一人の女が姿を現す。

ロコモコ王国専属経営コンサルタント――ただし〝自称〟の、ノーゼ・メヌであった。

「誰だ?」

突如現れたノーゼに、怪訝《けげん》な声を放ったのは、キーヌであった。

「なんでアンタがここにいんのよ!」

次に、メイが責めるような声を上げた。

「ややっこしいとこに首ツッコむんじゃないわよ！　アンタが良くても、ロコモコ王まで巻き込むじゃない！」

ロコモコ王国と魔王城は取引関係にある。

このややこしい事態に巻き込まれ、彼女の雇い主のロコモコ王にまで迷惑はかけられないと思ったメイであったが、ノーゼは涼しい顔で笑っている。

「いや、ちょっと聞いてんのアンタ……？」

「メイくん、多分大丈夫だ」

緊張感のないノーゼに呆《あき》れるメイであったが、そんな彼女をブルーが制する。

「ノーゼくん、キミはおそらく、ロコモコ王国とは無関係だな？」

「あら、お気づきで」

ブルーの問いかけに、ノーゼはあっさりと答える。

「僕は、ロコモコ王の前で、この姿を見せたことがない」

ブルーがロコモコ王の前に現れたときは、魔王の全身鎧《よろい》姿だった。

だが、彼の今の姿は、人間の青年とほとんど変わらない。

魔族の特徴である角や尻尾《しっぽ》も隠している。

たとえ「魔王ブルー」のことを知っていても、今の彼を見て同一人物と思うほうが難しい。

「僕はキミとこの姿で会ったことがない、キミもそう言ったよね？」

「あらあら……意外と抜け目がないんですね、驚きです」

素直に感心するノーゼ。

「え、なに、もうなんなの！　また話がややこしくなってんだけど!!」

展開の二転三転四転に、メイはそろそろパニックを起こしかけていた。

「だから、メイくん。彼女は、僕らのことをずっと前から知っていたんだ……」

偶然、たまたま——全ては偽り。

クゥの前に現れたのも、メイやブルーと接触したのも、マンドラゴラ振興協会の建物を知っていたのも、全て最初からノーゼの仕込みだった。

「キミはなんらかの理由があって僕らを……いや、ボストガルのマンドラゴラ交易の内情を探っていた。その理由があるのは……」

「クス……」

ブルーが結論を出す前に、ノーゼは可笑《おか》しそうに微笑《ほほえ》む。

「あらためて自己紹介いたしますね？　私の名前はノーゼ・メヌ。国家連合の通商査察官です」

「国家連合《ユニオン》!?」

その名を聞いて、メイは顔を曇らせる。

彼女にとって、最も嫌な過去に関わる者が、かつて所属していたのだ。

「ご安心くださいメイ・サーさん。あれからウチもいろいろありまして。だいぶ組織改編もされたんですよ？　ボストガルに長らく巣食っていた裏金問題を調査するくらいには」

ニコニコと、笑みを崩さぬまま、ノーゼは歩み寄る。

「……ツウショウササツカンって、なによ？」

不安げな顔で、メイはクゥに訪ねた。

「国家連合が管轄する、人類種族領の貿易や通商に違法がないか監視、監督する人です」

「怖いの……？」

「なんと言えばいいのかその……人類種族の商業における、ゼオスさんみたいな人です」

「こわっ！！！！」

地上にまでゼオスのような存在がいることに、思わずメイは恐怖の叫びを上げる。

「メイさん……ゼオスさんに失礼ですよ……」

困った顔で、クゥは当のゼオスを振り返る。

（え……？）

そこで、クゥは驚く。

ゼオスは、無言で事態を静観している。

そのゼオスが、日頃常に冷静でクールな彼女が、顔をこわばらせていた。

「ゼオスさん……？」

それを見て戸惑うメイを、わずかにノーゼは見遣《みや》る。

「ふふ……」

なにか含みのある笑みを浮かべながらも、それ以上は口にせず、目的の人物に迫る。

「あら、どうなさいました?」

「あ、ああ……」

その相手とは、今さっきまで己の不落を確信していた、キーヌであった。

「ご存じのように、人類種族領における、財団法人認可は、国家連合が行っています」

震える彼を前に、笑顔で、まるで敏腕セールスレディのように、ノーゼは話す。

「つまりは、財団法人が問題なく活動を行っているか、監督監査する資格と、義務があるんです。あなた方は、その際に最大限の協力をしなければならない」

ほほえみながら、懐からなにかを取り出した。

「それは!!」

驚きに目を見開くキーヌ。

ノーゼの手にあったそれこそ、彼が記した、マンドラゴラ交易の裏帳簿であった。

「なので私はこういうものを調べる権限があるんですよね。お断りを入れようと思ったんですが、隠されても困るので、ハイ♪」

「あ、あああ……」

真っ青になって固まるキーヌに、ノーゼはさらに続ける。

「かなりの金額をご自分のものにされていますね。お城の二つ、三つ建つんじゃないですか?」

マンドラゴラ交易の経済規模は、年数百億。

その中で税収はかなりの割合になり、各方面に裏金として配りまくったとしても、個人が着服できる金額としては莫大《ばくだい》なものである。

「まさかアンタ……アタシらを囮《おとり》にして、それを見つけ出してたの？」

「あ、はいそうです」

彼女の正体を知り、自分たちが上手《うま》く利用されたことを察したメイ。

ノーゼはなおも朗らかな笑顔で、それを認めた。

「前々から怪しいと思ってたんですけどね。なかなか入り込む隙《すき》がなくて……そんな折に今回の騒動でしょう？　チャンス到来でした」

悪びれる素振りなど欠片《かけら》もない。

ここまで堂々と言われると、文句も言えなかった。

「でもいいじゃないですか、これで皆さんの問題も解決されたようですし」

動かぬ証拠を提示され、これで決着は着いた。

そう思った矢先、キーヌは笑い出す。

「あはははははは!!」

それは、それまでのどの種類の笑いとも異なった。

哄笑《こうしょう》でもなく、嘲笑《ちょうしょう》でもない。

あえて言うなら、「やけっぱちの笑い」――

「ったく、どいつもこいつも、俺の邪魔しやがって！」

顔を歪《ゆが》ませ、口汚く吐き捨てる。

「あともう少しエルフどもから搾《しぼ》り取って、〝また〟名前と顔を変えて、別の国で貴族位でも買って、悠々自適なサロン生活でも送ろうと思ってたのによ!!」

言っている間に、キーヌの体が歪《いびつ》に膨れ上がり、その姿が変わっていく。

「オマエらはホント愚か者だよ。自分の大切な金の出し入れを、他人に任せっきりにして、ろくに警戒もしない。そのくせ何かあれば文句だけ言いやがる!!」

身にまとった衣服は裂け、少年の体はボコボコと筋肉が膨れ上がり、人ではない姿を形づくっている。

「こっちに全部任せきりにして、後になって大騒ぎ……文句言いたきゃ普段からボサッとしてんじゃねぇっての」

背中には巨大な翼が現れ、目は赤く輝き、口は耳まで裂け、無数の鋭い牙《きば》が並んでいる。

もはや、数瞬前までの、美しい少年の姿はどこにもない。

筋骨隆々とした、悪魔そのものの姿になった。

「オマエらは、まともにものを見ないくせに、見たいものだけ見やがる。そういうお前たちに、教訓だ……〝最も恐ろしいもの〟でも正視しやがれ！」

罵《のの》りの言葉を吐きながら、キーヌの額に三つ目の瞳《ひとみ》が現れ、光を放つ。

それは先程、メイを幻覚の世界に閉じ込めた、指輪が放ったものと同じ光だった。

「止めるんだ！　あれはまずい！」

ブルーが叫ぶが、事情を知らないデュティやシリュウは困惑するのみ。

クゥに止める力はなく、ゼオスもノーゼも静観している。

（動けるのはアタシだけか！）

とっさにメイは動こうとしたが、そこでまた、剣の柄《つか》に触れた自分の手が震えていることに気づく。

（ここに至ってまた……！）

自分が恐怖に囚《とら》われていることにイラつくメイだったが、そこで、違和感を覚えた。

（あれ、これって……）

「もう遅い、絶望しやがれ!!」

どす黒い赤と黒の血のような光が、周囲を覆った。

「きゃあああああっ!!」

叫び声を上げたクゥが、おそるおそる、つぶっていた目を開くと、そこは真っ黒な地面と、血のように赤い空が広がる世界だった。

「こ、これ……これ、幻覚……？」

先のメイの暴走を見たクゥは、現状を冷静に把握しようとする。

足元に触れる土の感覚も、鼻に覚える臭《にお》いも、本物そっくりである。

だが、幻覚と知った上でなら、対応できる。

「こんなの……怖くない……大丈夫、大丈夫……」

冷静に自分に言い聞かせているうちに、人影が二つ現れる。

「クゥ……」

「クゥくん……」

メイとブルーが、いつのまにか目の前に立っていた。

「メイさん！　ブルーさん、よかった！」

思ったとおり、二人が助けに来てくれたのだと考えたクゥだったが、すぐに、様子がおかしいことに気づく。

「クゥ、それ、なに？」

メイの目は、ぞっとするほど冷たかった。

「それって……え？」

言われてから、初めて「ジャラリ」という金属音に気づく。

「え、なにこれ……？」

クゥの両手に、宝石がちりばめられた、黄金のネックレスがある。

これだけで何億イェンであろうか、想像もつかないくらい高価な宝物である。

「いつの間に……ええ……？」

困惑するクゥ、そうしているうちに、〝それ〟はどんどん増える。

クゥの足元に、数え切れないほどの金貨が山のように積まれている。

それだけではない。

宝石に黄金の塊、美しく彩られた様々な装飾品などが、山のように溢《あふ》れている。

「それ、どうやって手に入れたの？」

「知りません……わたし、こんなの、こんなの……」

「誰にもらったの？　それとも自分で手に入れたの？」

「知りません！　わかりません！」

必死になって、クゥは訴える。

メイの冷たい瞳《ひとみ》の理由がわかったからだ。

これは、クゥが違法な方法で手に入れたもの。

世界の半分を版図とする、魔族領の財政を任されたという立場を使って得た、汚い財宝。

二人の信用と信頼を裏切って、金に変えた証《あかし》。

「もうやめよう、メイくん」

ブルーが、メイの肩に手を置く。

「信じた僕らがバカだったんだ」

それは、下手な罵詈雑言《ばりぞうごん》よりも、遥《はる》かにクゥの心をえぐった。

「みんなのお金を横流しして、そんなことをしていたんだね」

悲しみの声、信じていた者に裏切られた者が発する、落胆の声だ。

「違います！　ブルーさん！　これは、わたしは……」

クゥは言葉を放とうとするが、声が上手《うま》く出せない。

地面に打ち上げられた魚のように、パクパクと、開閉させることしかできない。

「もういいよ」

「もういいわ」

ブルーとメイが、ほぼ同時に言う。

これ以上聞きたくない、もうこれ以上、オマエと関わり合いたくない。

そんな声であった。

「二度とアタシたちの前に現れないで」

二人は背中を向け、クゥの前から遠ざかっていく。

「ちがっ……ちがう………！」

言葉を絞り出すが、届かない。

「もう顔も見たくない」

その言葉を最後に、二人の姿は消える。

世界が真っ暗になり、自分の心が軋《きし》むのが分かる。

（ちが……これは……幻覚……）

わかっていても、抗《あらが》えない。

本物そっくりの絶望が、彼女の身も心も侵食する。

理屈ではなく、魂が殺されかけ、息絶えようとした寸前で、世界に光が差す。

「クゥ！！！」

真っ暗な世界を、光の刃が斬《き》り裂いた。


「ふあ……？」

クゥが再び目覚めると、風景は元に戻っていた。

「大丈夫だった？」

そして、倒れている自分を優しく抱きとめているメイがいた。

「メイさん……わたし……なにを……？」

「もう大丈夫よ。〝斬った〟から」

クゥを支えているのとは逆の手に、メイの〝光の剣〟があった。

「バカな……俺の幻影を断っただと!?　この〝邪神の瞳《ひとみ》〟は、本物そっくりの幻を見せるんだぞ！　たとえ幻だとわかってても抗えない……なのに!!」

キーヌであったもの、邪悪なる姿の魔人が、驚きの声を上げる。

「なんかさぁ、変だと思ったのよ」

光の剣を持つメイの手から、紅《あか》い雫《しずく》が垂れている。

「アンタなんかにビビって震えているのかなと思ったら、逆だった。この剣が震えてたのよ」

それは、血であった。

メイの手には深い傷が走っており、そこから血が流れ出していたのだ。

「さすが勇者専用装備よね。警告してくれてたわけよ、んで、古典的な手法を取ったら、幻覚が無効化されたってわけ」

自分で自分の腕を斬ることで、その痛みで、メイは正気を保った。

「バカな、そんな道理でどうにかなる話じゃないんだぞ！　魂そのものに影響を与えるんだ！　肉体の干渉程度で――」

「バカなって言われても、なんとかなっちゃったんだからそれが現実よ」

不敵に笑い、メイはふんぞり返る。

「すごい……やっぱメイさんすごいです……」

先程までの絶望が消し飛び、クゥは笑顔になる。

「クゥ……アンタ、なに見たの？」

そんな彼女を見て、メイは尋ねる。

キーヌは、「最も恐ろしいもの」の幻覚をこの場にいる者たちに見せようとした。

「いえ……いいんです、大丈夫ですから……」

未《いま》だ残る恐怖に震えながら、クゥは無理やり笑顔を作って答えた。

「メイとブルーに失望され、見捨てられる」——それが、クゥにとって最大の恐怖だったのだ。

「そう……ごめんね」

もっと早く助けてやれなかったことを、メイはわびた。

「うわあああああ!?」

「ぎええええええ!?」

わずかにしんみりしたところで、奇声と悲鳴がこだまする。

「やめてくれメイくん!?　僕が悪かったぁ〜〜〜!」

「来るなぁー来るな勇者ァ!?　金、金ならやるから!!」

ブルーと海賊シリュウが、そろって悶《もだ》え苦しんでいた。

「あれ……その……」

なんとも言えない声を出すクゥ。

二人とも「最も恐ろしいもの」の幻覚を見ているはずである。

その両方が、ともにメイを恐れて怯《おび》えていた。

「アイツらなに見てんのよ！」

「二人とも、一番怖いのはメイさんなんですね……」

乾いた笑いを上げるクゥ、そこで、もう一人の方に目を向ける。

「なぜだ……なぜだサクラ……行かないでくれ……」

「え？」

そこにいたのは、エルフのデュティであった。

膝《ひざ》をつき、崩れおち、涙を流している。

（サクラ……？）

彼の口にした名前が、妙に引っかかった。

「ま、一人一人解放してたら時間がもったいないわ。どうせアンタを倒せば終わるんでしょ」

立ち上がるメイ、ギロリと、キーヌをにらみつける。

「ひっ……何を言う！　幻覚など俺の力の一部でしかない！　後悔したくなければ近づくな！」

「やってみな？」

止まるどころか、メイはずかずかと近づく。

キーヌの方が怯え、後退している有様だった。

「わかってきたわよ、アンタ自身は、見た目を変えて、相手に自分を信じ込ませることはできるけど、それ以外のことはできない……」

今の姿も、〝邪神の瞳《ひとみ》〟とやらの力のおかげ。

相手を威嚇して、威圧するだけのハリボテ。

「ち、違う、俺は――」

「黙れ」

一喝され、キーヌはあっさり、言葉を失う。

それが全てを証《あか》していた。

「抵抗するな、力を抜け」

「へ……？」

メイがなにを言っているのかわからず、困惑するキーヌ。

「今からアンタをボコボコにする。死ぬ一歩手前まで」

下手に力を入れられたりすれば、勢い余ってやりすぎてしまいかねない。

「せーの……」

かつてその昔、複雑怪奇に縄が結ばれた柱のオブジェがあった。

あまたの賢人たちが「解いたものは世界を制する」と言われたその結び目に挑んだが、ことごとく失敗した。

ある男が現れるまでは。

その男は、剣を抜き、その結び目を一刀に両断し、縄を解いたという。

「複雑化した問題は、ときに力ずくをもってして初めて解決する」――という故事とも言われているのだが……そんなことを、メイもキーヌも知らない。

ただ確かなのは、賢《さか》しさの限りを尽くし、問題を複雑化して私欲を得ていた者が、物理的な報いを受けようとしていることであった。

かくして、制裁の幕は開ける。

数分後――

「は!?　僕は何を!?」

「やっと目を覚ましたわね」

〝邪神の瞳〟の効力が解けて、正気を取り戻したブルー。

「ひいいい!?　ここにもまだ一匹いた！」

「本物よ！　ってか〝匹〟ってなによ〝匹〟って！」

同じく目を覚ます海賊シリュウ、メイを見て慌てふためき半泣きになっていた。

「アンタたち、どんな幻覚見てたのよ。どっちでもアタシが出てたみたいだけど」

キーヌの仕掛けた幻は、「最も恐ろしいもの」であった。

「そりゃ……オメェが『金よこせ』って海の果てまで追いかけてくる幻だよ」

「そこまで言うか」

「お前がアタイの船にやったこと思い出しやがれ」

以前に、自分の船を奪われてこき使われた恐怖がトラウマになっているシリュウであった。

「ブルーさんは、どんな幻を……？」

「あ～うん……えっとね」

クゥに問われ、言いにくそうに頭を掻《か》くブルー。

「どうせ、アタシにぶっ飛ばされたり蹴《け》っ飛ばされたりする幻でしょ！」

「メイくんが『離婚する』って、城を出ていっちゃう幻だったよ。怖かったなぁ」

「…………！」

不機嫌な顔で言い放つメイだったが、返ってきた答えに、言葉を失う。

どうやら、彼女の夫の、「一番怖い」は、「自分がいなくなること」であったようだ。

「まぁ、その、あの……なによ!!」

「なんだいメイくん急に怒って!?」

恥ずかしさの裏返しで声を荒らげるメイに、ブルーは戸惑っていた。

「あはは……」

その光景を微笑《ほほえ》ましい気持ちで見ていたクゥは、もうひとり、恐怖の幻に囚《とら》われた者の姿を見る。

「……デュティさん」

幻覚から解放されたデュティは、憔悴《しょうすい》しきったようにうなだれ、一言も発しない。

「見事なお手並みでしたね。大したものです」

そこに、明るい声のノーゼが現れる。

「あれ、ノーゼさんは大丈夫だったんですか？」

「はい、発動する直前、身を隠しましたんで」

クゥに問われ、笑顔で答えるしたたかな通商査察官。

「おい勇者、キーヌはどうしたんだい？」

ことの元凶、皆を幻覚で苦しめた当人の姿を、シリュウは探す。

しかし、どこにもあの少年の姿はない。

いつの間にか現れた、顔面をボコボコに殴られ、トロルのようにされた中年男性が転がっているだけだった。

「ん、なんだこのオッサン？」

「そいつよ、そいつがキーヌ」

「え？」

メイに言われ、シリュウは驚きの声を上げた。

彼女の知るキーヌの姿は、エルフ族と見紛《みまが》うばかりの美少年だった。

それが今では、腹の膨れたみすぼらしい中年の姿になっている。

「ゆるじて……ゆるじてぇ……」

よほど恐ろしい目に遭ったのか、心も体も完全にへし折られていた。

「これが正体よ。中身はただのオッサン。美少年の姿に化けて、自分を偽ってたわけよ」

「救いねぇなぁ………」

本性を知り、シリュウは心から呆《あき》れ果てる。

別に、「容姿が」「年齢が」という話ではない。

自分の姿や年齢を偽り、周りを欺《あざむ》いていたのは、自分自身を嫌っていたからだ。

若くて美しい姿を求めたのは、本来の自分を受け容《い》れられなかった証拠。

キーヌは結局、自分も偽り続けていた男であったのだ。

「元は、どこぞの小国の商館で働く、経理係だったそうですね」

「アンタ、そこまで調べてたの？」

「ええ、まぁ……」

ノーゼはすでに、キーヌの正体まで調べあげていたようであった。

「そこで、毎日薄給でこき使われ、ある日些細《ささい》な数字の違いから責められた挙げ句、解雇。無一文になってさまよっていたそうです」

追い詰められてキーヌの放った罵詈雑言《ばりぞうごん》。

なにも考えずに重要な案件を丸投げし、なにか問題があった途端に責任を押し付ける。

彼もまたそういった社会の被害者であったのだろうが、哀れなのは、それを「人に押し付ける」側になることで、自分の人生の復讐《ふくしゅう》になると思ったことだ。

「その時に、なにかのはずみで、これを手に入れたのでしょう」

ノーゼの手には、彼が落としたのであろう〝邪神の瞳《ひとみ》〟があった。

「それなんなのよ。こいつは、〝邪神の瞳〟なんて言ってたけど」

「〝邪神の瞳〟だって」

メイの言葉を聞き、ブルーは驚きの声を上げる。

「知ってんの？」

「魔族に伝わる話で、聞いたことがあるよ。千数百年前にいた、邪悪なる神の残した遺物だと。

現物を見たのは初めてだな」

「ふーん、初めて聞いたわ」

「いや、メイくん、キミにもすごく関係あるんだよ」

「え？」

むしろ、ブルーに言わせれば、メイが知らないことが意外だった。

「キミの持つ〝光の剣〟は、邪神を倒すために作られた武具なんだ」

がつく。

そう考えれば、精神操作系魔法に耐性のあるメイやブルーすら耐えられなかったことも説明
「そうだったの!?」

ただの魔法ではなかったのだから。

「そっかぁ、それで……こいつ震えたんだ」

光の剣が震え、警告を放っていたのは、「自分が作られた目的」である邪神の力の残滓《ざんし》に反応したからなのだろう。

「それで、光の剣で体刺したら幻覚を防げたのねー」

「キミなにやってんのぉ!?」

簡単な止血だけを施したメイの腕を見て、ブルーは声を上げた。

「大丈夫よ、大きな血管とかは傷つけないように刺したから」

「だけど、その、キミ自分が女の子だってわかっているのかい!?」

「わかってるわよ、だから、ちょっとやそっと傷ついたって、なんにも変わりゃしないわよ。グダグダ喚《わめ》かない!」

女性の体に傷が残ったことに慌てふためくブルーであったが、メイに言わせれば「果物や衣服じゃあるまいに、傷が入ったごときで自分の価値は損なわれない」のだ。

「あ、はい………」

「かっこいい……メイさん……」

ブルーを一喝したメイを見て、クゥは心からの憧《あこが》れの目を向けた。

「こんなもん、アンタどこで手に入れたのよ」

「ひいいいいっ!!　許して、殺さないで!!　ごめんなさいい!!」

〝邪神の瞳《ひとみ》〟を如何《いか》にして手に入れたか、メイはキーヌに問いただすが、会話にならない。

「しまった……恐怖を刻みつけすぎたかしら」

よほどの恐怖だったのか、キーヌはまともな会話ができない状態になっていた。

「ま、しばらく置いとけばもとに戻るでしょ」

「オマエ、こいつ殺さなかったんだな?」

意外そうな顔で、シリュウが言う。

「んー……まぁ、ね」

博愛主義——ではない。

「殺すつもりでかかってきたならば、殺されても文句は言えない」が、メイのモットーだ。

だが、今回は命だけは助けてやった。

「なんとなくね」

理由は、クゥとブルーであった。

あの二人の前では、そういう自分を見せたくなかったのだ。

「生かしたはいいが、どうすんだ？　こっちは引き取らねぇぞ」

「うん……ゼオス、こいつがあんたの目当てでしょ、もってきなさいよ！」

メイは、じっと無言で立っていたゼオスに、キーヌの引き渡しを申し出た。

税制度を悪用して、暴利を貪《むさぼ》り私腹を肥やしていたのだ。

あとは天界が処理する案件である、そう思ったのだ。

「いえ、違いますよ」

だが、事態はそうはならなかった。

ゼオスに代わり、ノーゼが口を出す。

「関税は、天界ではなく地上の国同士の税金です。今回はこちらの管轄となります」

「そうなの？」

今回、ゼオスが降臨したのは、デュティに〝フンショクケッサイ〟の疑いがあったから。

しかし、それはキーヌの横領が真相だった。

そして、関税にまつわる裏金工作の罪は、人界の理《ことわり》で裁かれる。

「はい、彼はかなり広範囲に裏金をバラまいていました。ボストガル政府だけではなく、他国の王族や貴族にもね……なので――」

「そいつらも一網打尽にするってこと？」

「いえ、しっかり口止めをして、あくまで小規模なものだとしておきます」

「はぁ？」

平然と、笑顔のままでノーゼは言い放つ。

「そうですね、交易港の窓口責任者と、あと数名が、免職されるでしょうね」

キーヌの行った裏金工作は、ボストガルだけでなく人類種族領全体を巻き込む大疑獄である。

「彼が行った範囲からすれば、小さすぎるぞ」

あまりにもわかり易すぎる「トカゲのしっぽ切り」に、ブルーも声を上げた。

「と、言われましても、それが私の仕事なので」

真実を明らかにして、罪人を捕らえるのではなく、真実を知る罪人を捕らえ、全てを覆い隠す——それがノーゼの目的だったのだ。

「気に食わねぇな」

吐き捨てる海賊シリュウに、ノーゼは笑顔のまま告げる。

「代わりと言ってはなんですが、あなた方の密輸行為も、目をつぶって差し上げましょう」

「脅すつもりか！」

「密貿易自体は、事実として起こっているのでしょう？」

デュティが密貿易に手を染めざるを得なかったのは、貧しい者のために関税のかからない品を用意するため……美談かもしれないが、違法は違法である。

「あきらかになれば、ボストガルが、交易窓口港として、正常に機能していないと判断せざるを得ません。そうなるとどうなると思います？」

「ううっ……」

マンドラゴラだけではない。

エルフ族の全ての交易が禁止になるかもしれない。

それだけでなく、他種族――魔族との交易にも支障が出かねない。

「みなさんにとって、得となる判断は……こちらだと思いますがね」

薄汚い裏取引――しかも、相手に選択権を与えつつも、他の道を潰《つぶ》している。

「……………ぐっ」

「……………むぅ」

「………………」

シリュウも、ブルーも、クゥまでも、なにも言えなかった。

「ならば、これが最適解ということで」

一件落着とばかりに、ノーゼは手を叩《たた》く。

「待ちなさい」

だが、〝銭ゲバ〟の二つ名をもつ勇者のみは、異を唱えた。

「まだこっちが借りを返してもらってないわよ」

「おや……密貿易を見逃すという取引で、ご納得いただけたと思ったんですが？」

「それはエルフやこの海賊の分でしょ？　アタシらはタダ働きじゃん」

「おやおや」

ノーゼは、メイたちを暴れさせ、その隙《すき》に証拠である裏帳簿を手に入れた。

勝手に協力をさせられたと言ってもいい。

しかし、話はそれだけではない。

「アンタらユニオンは、これで交易都市であるボストガルを実質的に支配することができるわけじゃない」

「おやおや……」

ノーゼの目が、わずかに細まった。

それまでのどこか作り物めいた笑顔ではなく、「おもしろいもの」を見た顔であった。

「ユニオンが組織改編をした？　笑わせんじゃないわよ、アンタらはなんも変わっちゃいない。どれだけ上手《うま》く、諸国の上前をハネれるか……それだけよ」

「うふふ……」

挑発めいたメイの物言いにも、ノーゼは反論しない。

それはおそらく、正解だからだろう。

「分かりました……では、借りを一つということで……」

「必ず取り立てる、絶対にね」

いいように利用されたままでは終わらない。

メイは決意を込めて睨《にら》みつけた。

「なかなか……やはり、血ですかね」

ポツリと、ノーゼは言い残すと、未《いま》だ錯乱状態のキーヌを連行し、その場から立ち去った。

「ふん……」

くだらなそうにひと息吐《つ》くメイ。そこで一旦切り替える。

「なんにせよ、やっとこれで万事解決ね！　色々あったけど、終わりよければ全てよし――」

「いえ、終わってませんよ？」

締めに入ろうとしたメイに、クゥが告げた。

「終わったと言うより、やっと振り出しに戻ったんです」

様々紆余曲折《うよきよくせつ》があったが、要は誤解のあった両者が、再び交渉のテーブルにつけるようになっただけなのだ。

「めちゃくちゃ手間かかった割りには……プラマイゼロってこと……？」

がっくりと肩を落とすメイだが、国家、種族、民族、ともあれ「違う者同士」が一度こじれたら、元に戻すにはとてつもない時間と手間がかかるものなのだ。

今回は、早めに終わった方である。

「デュティさん……あらためて、エルフの方たちと交渉を――」

クゥが、デュティに声をかける。

「デュティ……さん？」

しかし、返事は戻ってこなかった。

デュティは座り込み、疲れ果てた顔になっていた。

「もう、どうでもいい……」

ようやく出てきた言葉は、吐き捨てるような一言であった。

「やはり私が間違っていたのだな」

ふらりと立ち上がると、背中を向け、その場を立ち去ろうとする。

「もう後は、貴公らの勝手にせよ。私は、疲れた……」

デュティは傲慢《ごうまん》ではあるが、人類種族の貧しい人たちのために危ない橋を渡り続けた。

だがその結果、人類種族であるキーヌに裏切られ、欺《あざむ》かれていたのだ。

それどころか、調停に現れたノーゼは、薄汚い取引を持ちかけ、事件を隠蔽《いんぺい》した。

彼が、疲れ果てても無理はない――

「待ってくださいデュティさん！　あなたは、なにを見たんですか！」

「！」

しかし、クゥはデュティがそれだけで心を折ったとは思わなかった。

「キーヌの幻覚……あれは、〝最も恐ろしいもの〟を見せました、わたしも見ました」

クゥにとって、なによりも絶望的な光景。

偽りとわかっていても、心を殺されそうになった。

「あなたは、なにを見たんですか……？」

デュティもまた、それを見たのだろう。

それこそ、今までいかなるリスクも承知の上で行ってきた密貿易を諦《あきら》めるほど——人類種族への、なんらかのこだわり。

「………知らぬ」

しかし、デュティの歩みは止まらなかった。

わずかにそう言い残すと、そのまま彼は、屋敷の奥に立ち去っていってしまった。

「わたしたちは共存できます！　一緒に、よりよい道を歩めるはずです！　そのための案があるんです！」

それでもクゥは、あらん限りの大声で、デュティに訴える。

答えは、返ってこなかった。

第六章

〝必勝法〟なんてない

ボストガル四日目――宿屋〝四つ葉亭〟にて。

「こんなことになるなんて……」

宿屋の一階ロビーにて、クゥはふさぎ込んでいた。

もっと他の方法があるはずだった。

もっと違う、皆が笑顔になれる展開があったはずなのに、あまりにも後味の悪い終わり方になったことを、彼女は受け容《い》れられなかったのだ。

「クゥくん……」

「クゥ……」

落ち込む彼女に、ブルーとメイも、どう声をかけていいかわからなかった。

「まぁあんま気にすんなよちびっ子、お前さんはなんも悪くないんだしな」

「アンタなんでここにいんのよ」

当たり前のように同じテーブルにつき、それどころかお茶まで飲んでいる。

「いーじゃねぇかよ。旦那《だんな》があの調子なんで、居心地悪いんだよ」

メイにツッコまれる女海賊シリュウ。

彼女の定宿であるマンドラゴラ振興協会——こちらも近く解体されることとなった——の屋敷には、今も絶望の中にあるデュティがいるのだ。

「小せぇけどいい宿だな。アタイも今後はこっちに泊まるかねぇ。カップケーキも美味《おい》いし」

「あらあら、嬉《うれ》しいこと言ってくれるねぇ。もっと食べるかい？」

「あ、いただきます！」

老女将《おかみ》と朗らかに会話を交わすシリュウ。

海賊と言えば肉を食らって酒をがぶ飲みのイメージがあるが、彼女はどちらかと言えば甘党のようであった。

「でもさ……こう言うとなんだけど、デュティはもうアタシたちに文句はないんでしょ？

その、もうこっからは……」

シリュウは放置し、メイは今後のことを考える。

少なくともこれで、魔王城のマンドラゴラ交易は問題なく行える。

冷たい話だが、デュティの問題は、彼の個人の問題だ——

「そんなふうに、割り切れません……」

しかし、クゥにとってはそうはいかない話であった。

「そうよね……」

言ってから、メイは目を伏せる。

「クゥくん……デュティ氏ともう一度交渉の機会を得られれば、満足の行く形にできるのかい？」

「あい……いえ……少なくとも、その対案はあります」

ブルーの問いに、クゥは返す。

先の交渉会談では、双方がケンカ腰であったために議論にもならなかったが、すでに草案はあった。

そして、ボストガルでの調査で、あらためてそれを現実的な形に詰めることができた。

「なんとか、もう一度彼が話を聞いてくれるようにすればいいわけか……」

とはいえ、口にしたブルーも、それが難しいことは理解していた。

エルフ族の中で、まともに話を聞いてくれそうなのはデュティだけだ。

だがそのデュティが、交渉の意欲をなくしてしまった。

「誰か、彼を説得できる人がいればいいんだが」

何を言っても、今のデュティは耳を傾けない。

まず彼が、「話を聞こう」と思える相手を見つけなければならない。

「そういえばよお………」

それを聞いて、シリュウがなにかを思い出す。

「昔、なんかのはずみで、旦那《だんな》が酒の席でこぼしてたんだがな？」

それは彼女も、こんな事態でなければ話さなかったであろうことだった。

「デュティの旦那《だんな》……昔、人類種族の女と恋仲だったらしくてな」

「え！」

その事実は、メイたちにとっても驚く内容だった。

人間嫌いとも言われるエルフ族が、人間の女性と恋愛関係にあったのだ。

だが、その話を聞けば、諸々《もろもろ》の彼の行動も、説明がつく。

「そうか、それでデュティ氏は、人類種族に温情的だったのか」

他種族に排他的な傾向のあるエルフ族の中で、交易を行い、自らが不利になるのも厭《いと》わず、貧しき者たちのために密貿易を行っていたのも理解できる。

ただの利害関係ではない、動くべき私情があったのだ。

「なら、その女性を見つけて、デュティ氏を説得して貰《もら》えれば……まだチャンスはある！」

「でもさぁ……どこにいるのその人？」

光明を見出《みい》だしたブルーに、メイが素直な感想を言う。

「ううむ……シリュウくん、他に手がかりは？」

「悪い、他は知らねぇ。旦那も、すぐに『口が滑った』って、それ以上は語らなかったしな」

ブルーに尋ねられ、申し訳なさそうに返すシリュウ。

彼女も彼女なりに、デュティの問題をこのままでいいとは思っていなかったのだ。

「役に立たないわねぇ」

「んだコラァ！」

そんな彼女の心情など無視して暴言を放つメイとにらみ合う。

「そういえば……」

話を聞き、クゥは思い出す。

「デュティさん……キーヌの幻覚に苦しめられた……それは、〝最も恐ろしいもの〟だった……もしかして」

それこそ、想い人であった人類種族の女性の死を見てしまったのではなかろうか。

「サクラ……そうだ、サクラって言ってました！」

メイのおかげで、いち早く幻覚から解放されたクゥは、デュティがうわ言のようにつぶやいていたその女性の名を聞いていた。

「なるほど、だが、それだけでは……」

手がかりが一つ増えたが、それでもやはりか細すぎる。

「他にも、問題はあるわよ」

メイが、少しだけ暗い顔で言う。

「あのデュティの〝昔〟でしょ？　エルフって、人間よりも遥《はる》かに長寿なのよね……」

デュティの外見は、人類種族で言えば二十代の中頃……せいぜい二十五歳くらいだろう。

「ねぇシリュウ……あいつ、今いくつなの？」

「正確な年齢は知らねぇが……確か、百三十歳くらいだったはずだ」

もし仮に、その〝サクラ〟という女性が、十五歳の頃に出会っていたとしよう。

その当時のデュティも、人間で言えば同じくらいの頃であったとしよう。

エルフの年齢なら、およそ五倍である。

「最低でも、五十年前よ。七十近い高齢……下手すれば、もう……」

死んでいてもおかしくない――メイは、それはあえて口にしなかった。

「名前しかわかっていない、いるかいないかもわからない人を探す……不可能よ。それとも、世界中回って、尋ね歩く？『サクラさんいますかー！』って」

「…………」

「…………」

「…………」

そんなことできるわけがない。

クゥも、ブルーも、シリュウも、皆言葉を失った。

「はいはい、どうしましたか？」

大声を上げすぎてしまったからか、宿屋の老女将《おかみ》が来てしまった。

「ごめん、おばあちゃん……なんでもないわ」

メイが申し訳なさそうに言う。

「え？　だって今呼んだじゃないさ。いつ名前教えたっけねぇ、びっくりしたよ」

「へ？」

老女将の言葉に、メイの顔がこわばる。

「あの、えっと、おばあさん？」

「はいはいどうしたね？　お茶のおかわりかい？」

「え、いいえ、そうでなく」

メイに代わって、ブルーが尋ねる。

「お名前……サクラ、さん……と、おっしゃるので？」

「自分たちで呼んどいてなんだい。サクラ・ポッポラ、それがあたしの名だよ」

「えっと……その……失礼ながら、お歳《とし》は？」

「やぶからだねぇ……もう六十七だよ」

老女将――サクラは陽気に笑うが、一方ブルーたち四人は、信じられないというように固まっている。

「では、その……」

ならばと、決定的な最後の質問をした。

「デュティという、エルフ族の青年をご存じですか？」

「────！」

それまでにこやかな笑みをたたえていたサクラが、この時初めて、目を見開き、驚きの色を浮かべた。

「なんで……アンタたち、あの人を知っているのかい……？」

「「「え～～～～～～～～～！！！！」」」

あまりにもありえない偶然に、一同は叫ぶのであった。


それは、今から五十と二年ほど前の話である。

エルフ族自治領〝エルフの森〟にほど近い場所にあった、とある村。

そこに、サクラは家族とともに住んでいた。

好奇心旺盛《おうせい》であった彼女は、村人たちは近づかない森を散策し、そこで、エルフの少年と出会った。

それが、エルフのデュティであった。

当初、人間を好まなかった彼は、サクラを遠ざけたが、生来の人柄か、サクラの温和な気質に感化され、気づけば二人は友達になった。

彼女の焼いたカップケーキを、「おいしい」と食べてくれるくらいになった。

そんな二人は、いつのまにか互いを異性として意識するようになり、恋に落ちた。

しかし、デュティとサクラは結ばれることはなかった。

当時、魔族と人類の戦争がまだ激しかった時代。

戦火は、エルフの森のすぐそばまで迫ろうとしていた。

サクラの村は、村人全員で疎開することになった。

別れの日、二人は誓いあった。

「いつか必ず帰ってくる。それまで、待っていてほしい」と――

そして、その約束は、果たされることなく、今に至る。


「驚いたねぇ……あの人が、今このボストガルにいるのかい」

自分とデュティの関係を、サクラは一同に語った。

「なんで……なんで帰らなかったの？」

「うん……」

メイに尋ねられ、サクラは悲しげに微笑《ほほえ》む。

「帰りたかったさ……でも思ったよりも戦争が長引いてね。その間に、一家は離散しちまってね」

故郷に戻るどころか、彼女はその日を生きるのも精一杯だった。

「それでもねぇ……やっぱり忘れられなくてね。十五年ほど経って、ようやく、戻れたんだよ」

そこで彼女は、森に行き、約束の場所に、泉のほとりへと向かった。

「そこにね、あの人が……デュティがいたのさ。驚いたよ、ほとんど変わっちゃいなかった。まるで、あの日からほんの二～三年しか経ってないいんじゃないかと思ったくらいさ」

エルフ族の寿命は、人類種族を遥《はる》かに超える。

当然、老化の速度も異なる。

十五年の年月も、彼らからすれば、それこそ三年程度の加齢なのだ。

「声をかけようとしてね、自分の手のひらを見たのさ。シワが入って、潤《うるお》いもなくなっていた」

この時サクラは三十路《みそじ》に入った頃、若い娘の盛りを終えていた。

「怖くなったんだよ。あの人の前に出て、あの人に気づかれなかったら……『誰だ』って言われちまったら、もうあたしは、耐えられない」

この十五年の間に、サクラには様々なことがあった。

苦しく、辛《つら》く、人に話せないようなこともたくさんあった。

「会わずに、そのままあたしはそこから逃げるように離れて……それきりしさ」

サクラはそれからずっと、一人で生きてきた。

紆余曲折《うよきょくせつ》の末、小さな宿屋を開き、旅人を迎え、送り出すことにささやかな喜びを得て、そして一生を終えるつもりだった。

二度と、デュティの前には現れないつもりだった。

「そんな……サクラさん、それは、ダメですよ！」

話を聞いて、クゥはこみ上げる思いを、そのまま口から放った。

「デューティさんは、まだ待っているんです！」

クゥは、やっとわかった。

彼が、自身の立場を不利にし、キーヌの横領を許す事態となっても、マンドラゴラの密輸を守り続けたのは、サクラのためなのだ。

サクラは今も生きていると、どこかできっと生きていると。

なんらかの事情があって、戻ってこられないだけで、人類種族領のどこかにいると。

だから、彼は彼のできることをやりつづけていたのだ。

「万病の薬」とも言えるマンドラゴラを、貧しい者たちでも低価格で手に入るようにすれば、どこかでサクラの助けになると思ったのだ。

それはか細い糸であったろうが、デューティからすれば、唯一信じる縁だったのだ。

「会ってあげることはできませんか！　なんとか、もう一度……」

「ごめんねぇ……それは、できないよ」

クゥの必死の訴えも、サクラは苦しげに拒む。

「でも、このままじゃ……！」

「もう止めなよ！」

なおもあきらめないクゥに、シリュウが強い言葉で制する。

「アンタみたいな子にはわからないだろうけどさ……人にはいろんな事情がある。どうしても、できねぇこともある……」

いいながら、シリュウは自分の腹を擦《さす》る。

「誰だってあんだよ……」

「だけど……」

このままではデュティは、「人間に裏切られた」と思ったまま、二度と人類種族と関わろうとはしないだろう。

それが、果たしていいこととは、クゥには思えなかった。

「ごめんねぇお嬢ちゃん、アンタたちには悪いけどね……あの人を説得してやれる自信がないよ」

デュティが自分を待ち続けてくれたことを知ればこそ、それを裏切り続けた自分が、「信じてくれ」などと言えない。

それが、サクラの感情であった。

(なにか……手段はないの……)

今まで、様々な〝ゼイホウ〟にまつわる知識を溜《た》め込み、学んできた。

全ては、「誰もが幸せになりたいと願える世界にする」ためだ。

でも、幸せになることを諦《あきら》めた人たちに、どうすればいいのか、クゥにはわからな――

「あれ……」

その時、クゥは気づく。

自分のポケットの中に、いつのまにかそれがあった。

なんでこんなところに、こんなものがあるのかわからなかった。

とっくに、メイが壊したと思っていたからだ。

そうでなかったとしても、こんなものが自分の手元にあるはずがないのに。

だが……

「これがあれば……」

「クゥくん？」

最初に彼女の異変に気づいたのはブルーだった。

普段のクゥが見せない、冷たい声だった。

「方法はあります……まだ、あります……」

ポケットの中にあった〝それ〟を取り出し、クゥは言った。

「これがあれば、まだ……」

クゥの小さな手のひらの上には、あらゆる生物の魂に作用し、本物そっくりの幻覚を見せる、〝邪神の瞳《ひとみ》〟があった。

「これは……いけませんね」

宿屋の屋根の上で、天使の力を使い、一部始終を〝観《み》て〟いたゼオスは、小さくつぶやく。

彼女の予定では、こうなるはずではなかった。

もっと違う形で、違う流れで行くはずであった。

「やはり……介入されましたか」

このままではいけない。

クゥが選択した手段は、間違いなく別の歪《ゆが》みを生む。

こうさせないための方法を、いくつも重ねたはずだったが、全て使えなかった。

「くっ………！」

悔しさに歯噛《はが》みするゼオス。

彼女がこんな顔をするなど、この数百年、一度もなかった。

「……やむをえませんか……」

なにかを覚悟したように、天使は、天を仰いだ。

ボストガル5日目――宿屋〝四つ葉亭〟。

「ねぇ、ほんとにやんの？」

「はい、やります」

ロビーにはメイと、クゥの二人がいた。

「あんまり、気がすすまないわねぇ……ってか、それ使うの、アリなの？」

「使えるものはなんでも使うしかありません。手段を選んでいる余裕はないです」

「そう……」

クゥの声は、どこかいつもと違った。

覚悟を決めた——というよりも、まるで……

（なにか別人みたいになっている……）

理屈ではなく、メイは本能でそれを感じていた。

「いいですか？　計画のおさらいをしますね？」

「あ、うん、はい！」

うまく言葉に表せない不安を抱きながら、クゥの話を聞く。

「シリュウさんに、デュティさんをこの〝四つ葉亭〟まで連れてきてもらうようお願いしました。せめてあと一回、『見せたいものがある』と」

昨日から丸一日、なにもしなかったのではない。

むしろ、計画のための入念な下準備を行ったのだ。

「そこで、メイさんが、〝サクラさん〟になって、会っていただきます」

メイの姿は、いつもの装束でもなければ、市場調査の時に着ていた貴婦人風のドレスでもない。

田舎の村の少女がまとうような、地味な服装である。

それも少しばかり時代遅れ――五十年ほどは前のものだ。

「そして、この〝邪神の瞳《ひとみ》〟の力で、若い頃のサクラさんの姿になっていただきます」

〝邪神の瞳〟には、二種類の使い方がある。

他者を幻惑の世界に閉じ込める……こちらは、クゥやブルー、メイもやられたものである。

もう一つは、「使用者、もしくは特定の人物を、望む姿に変える」である。

「キーヌがそうしたように、メイさんの姿のみを変えるんです」

〝邪神の瞳〟の力は、単純に視覚だけに及ぶものではない。

感触や匂《にお》い、それどころか、肉体の大小すら「認識そのもの」を変えて、そうと信じ込ませる。

それはもはや、実質的な「変化」に等しい。

「あくまで見た目のみに限定した使い方です。昨日、試したとおりです」

「うん……ちょっと、不気味だったわね……」

昨日、デュティとの面会を拒んだサクラに協力を仰ぎ、彼女の若い頃そっくりの姿に変化できるよう、予行演習済みである。

〝邪神の瞳〟の操作自体は、さほど難しくなかった。

手に持って願えば、その通りの動きをする。

「そして、その姿で、デュティさんに、もう一度人類種族を信じるように、説得してください。セリフは今朝お渡ししたとおりです」

「これよね……ちゃんと言えるかしら……」

それは、クゥが昨夜自作した、「サクラの説得」の台本であった。

私を愛してくれたように、もう一度人間たちを愛して——そんな感じの、「それっぽいセリフ」が書かれている。

「もしも、デュティがアタシを連れて帰ろうとしたらどうするのよ？　いやよ、エルフ領に行くなんて」

「大丈夫です。それも計画済みです。〝邪神の瞳〟を使います」

〝邪神の瞳〟の力をもって、幻影を展開する。

すでにサクラは世を去ったが、デュティに会うために仮初めの姿で戻ってきた——というシナリオである。

「最後に、天に召される幻覚を見せます」

〝邪神の瞳〟の幻影は、「嘘《うそ》だとわかっていても」信じてしまうほど魂を翻弄《ほんろう》する。

ましてや、「そうかもしれない」とわずかでも思っていたならば、多少理屈は通らなくても、偽りだと気づくことはない。

「デュティさんの心が開いたら、あとは交渉を再スタートすればいいんです。これで後は問題なしです」

「なんかさぁ、その……言っちゃなんだけど、陳腐なシナリオよね」

思わず、メイは正直な感想を述べてしまった。

「いいんですよ、下手にこんがらがった内容よりも、シンプルな方が、却《かえ》って通じるものです」

人は、信じたいものを信じる——と言ったのは誰であったか。

絶望したということは、希望を信じていたということである。

それを失ったのなら、「信じやすいもの」を用意してやればいい。

むしろ、わかりやすいものにほど、人は惹《ひ》きつけられる。

「これでいいんです。これで丸く収まるんです」

まるで自分に言い聞かせるように、クゥはつぶやく。

「相手を騙《だま》してその気にさせて、有利に交渉を進めようなど、時代遅れの詐欺師の手口ですよ」

「なっ——!?」

突如背後から投げつけられた、蔑《さげす》みを通り越し、哀れみさえ入った言葉に、クゥは振り返る。

そこにいたのは——

〝四つ葉亭〟、二階の客室。

そこでブルーは、サクラに最後の確認を行っていた。

「いいんですね、サクラさん。本当に、デュティ氏に名乗り出なくても」

「ああ、いいんだよ」

寂しげな顔で、サクラは答える。

自分は名乗り出ず、〝邪神の瞳《ひとみ》〟を使用して、メイに若き日の姿に化けてもらい身代わりとする——クゥの立案したこの計画に、彼女は同意した。

「こんな婆さんにいきなり迫られてもねぇ……あっちも困るだろ」

「そんなことは……ないと思いますが」

寂しげに笑うサクラに、ブルーもまた、悲しげに返した。

「そんなもんさ……アンタもあたしくらいの歳《とし》になったら分かるよ」

「僕、あなたの倍は生きているんですけど……いや、そんな問題じゃないか……」

ブルーもまた魔族であり長命の種族。

サクラはおろか、デュティよりも歳上である。

たとえ何百年生きていようと、「老い」を知らない者では、彼女の気持ちはわかるまい。

「そろそろ、デュティ氏が来られる頃合いです。行きましょう」

「ああ、うん、そうだねぇ」

サクラは、名乗り出ることは拒絶したものの、せめて最後に、物陰からでも、ひと目見たいと願った。

それを断る理由はない。

ブルーは、彼女を連れ、階下に向かう。

その途中で、下のロビーから、クゥの声が聞こえた。

「わたしが、わたしのなにが間違っているっていうんですか！」

それは、彼女が滅多に出さないような、攻撃的な怒鳴り声であった。


階下では、クゥとゼオスが睨《にら》み合っていた。

その二人の間で、メイがうろたえ、目を泳がせている。

「メイくん……なにがあったんだい？」

サクラと共に一階に降りたブルーは、事態の説明をメイに求めた。

「ゼオスがいきなり現れてぇ～、いちゃもんつけてきてぇ～、クゥがキレたぁ!?」

「なるほどなるほど？」

泣きそうな顔で、メイはわかったようなわからないような説明をした。

ゼオスが突如現れるのはいつものことだ。

むしろ、アポイントメントを取ることの方が少ない。

異常事態なのは、クゥの方である。

穏やかで温和で朗らかなよい子のクゥ。

時には強い言葉を使うこともあるが、今はいつものそれとは大きく違う。

「これ以外方法がないんです！　サクラさんはデュティさんに会うのを嫌がっている。でもデュティさんをこのままにできないじゃないですか！」

この時のクゥの目にあった激しい感情は、怒りと、焦りと、そして敵意であった。

それを、ゼオスにぶつけているのだ。

「だから、表面だけ取り繕《つくろ》って、めでたしめでたしとすると……？　それがお粗末だと言っているのです」

しかし、おかしいと言えば、ゼオスもいつもと雰囲気が違った。

常の彼女ならば、冷静で、無感情なのではと思うほどの無表情。

なのに今日はどこか、苛立《いらだ》ちがにじみ出ていた。

「ならどうしろっていうんです！　これが今打てる最善の手なんです！」

「最善の〝手〟ですか……」

クゥの言葉に、冷たい声で返すゼオス。

「クゥ・ジョ――あなたは大変聡明《そうめい》な少女です。それは、私は心から認めます」

決して世辞ではなく、事実を告げるように言う。

「ですが、今のあなたの行動は、聡明《そうめい》さとは真逆です。ハッキリ言いましょう。小賢《こざか》しい」

「……そ、そんな……！」

突きつけられた言葉に、クゥはたじろぐ。

「あなたは、自分の考えた幸せの形に他人を当てはめているだけです。人はこうあるべきだ。人はこういうものだ。だからこうするのが〝正解〟なのだと、それが、その人のためだと思っている」

「うっ……」

「あなたは人を舐《な》めすぎです。いえ、あなたに限りませんが……意志を持つ者、感情を有する者、心を抱く者に、『こうやれば正解』などという、必勝法でもあると思っているのですか？　それはただの傲慢《ごうまん》です」

「そんな、そんな……」

ゼオスの言葉を前に、クゥは震え、涙をにじませる。

だがそれは、悲しみに由来するものではない。

自分を否定された、屈辱に打ち震える者の涙であった。

「あなたに、なにが分かるっていうんですか！」

叫ぶクゥに、ゼオスは、わずかに目をつぶり、そして答える。

「わかりませんよ。千年以上天と地をさまよってきましたが、わからない。わからないということが、わかりました」

「はあ……?」

ゼオスの返答の意味を、クゥは理解できなかった。

互いの意志がすれ違い、両者の間に、打って変わった沈黙が走る。

「あ、えと、あの……」

「………」

その沈黙を、メイもブルーも破れなかった。

日頃ならば、必ずクゥに味方するメイすらも、口を出すことをためらった。

そうしているうちに、宿の外から、話し声が聞こえる。

「旦那《だんな》、ここはさ、アタイの顔を立てて、もう一回だけ、な? アンタに会いたいって人がいるんだ」

「付き合いきれん……」

「その人の顔を見りゃあ、アンタもちったぁ、アイツらと話してもいいって気分になるさ」

「くだらん」

それは、シリュウとデュティの声だった。

約束通り、彼女はデュティを、四つ葉亭まで連れてきてくれたのだ。

「もう、悩んでいる時間はないんです！」

デュティが扉を開こうとする直前、クゥは、持っていた〝邪神の瞳《ひとみ》〟を発動させた。

赤黒い光が一瞬閃《ひらめ》き、計画通りに、メイの姿が、若き日のサクラのそれになる。

「ああ……」

それを目にしたサクラが、切なげな声を上げる。

現れたのは、華やかな美女ではないが、愛らしい十五、六の少女だった。

おそらくそれは、デュティと別れた頃の姿なのだろう。

肌には張りがあり、シワなど一つもない。

白髪ではなく栗色の髪、曲がっていない腰、濁っていない瞳。

若々しく、瑞々《みずみず》しい、もう二度と戻らない「あの日」の姿だった。

「誰がいるというのだ」

そして扉は開き、シリュウにいざなわれ、デュティは姿を表す。

「すいませんデュティさん、ご無理を言ってしまって……でも、どうしても会わせたい方がいたんです」

クゥは一歩前に出て、デュティに、サクラ――いや、サクラに化けたメイを示す。

「これは……！」

未《いま》だ、心痛から解き放たれていなかったのだろう。

暗い顔であったデュティの目に光が戻る。

驚き、震えながら、〝彼女〟の姿を見る。

「サクラ……サクラなのか……？」

やはり、彼はまだ待ち続けていた。

五十年間、彼女が自分との約束を果たしてくれる日を信じ、彼もまた約束を守り待ち続けていたのだ。

「もう、君はこの世にいないんじゃないかと、そう思ってしまったくらいだ……だが、よかった……」

興奮に震えながら、デュティは一歩一歩進む。

「そう……あ、ありがとうデュティ……ワタシも、会えて、嬉《うれ》しいわ……」

用意された台本のセリフを、ややたどたどしく、サクラに化けたメイは話す。

「よかった……ああ、サクラ」

そして、デュティはサクラに近づくと、その手をとった。

「え？」

「会いたかったよ、サクラ。憶えているかい、私だよ、デュティだ」

デュティは、サクラの手をとった。

メイが化けた、ニセのサクラではない。

そんなものには一切目もくれず、いたことすら気づかず。

その後ろにいた、物陰に隠れ損なっていた老婆のサクラの手を取ったのだ。

「な、なに言ってんだいおにいさん……あたしゃ、ただの宿屋のババァだよ?」

「君こそどうしたんだサクラ、からかっているのかい? 君は相変わらず、冗談が好きなんだな」

「違う、あたしは……あたしは……」

手を握られたサクラは、震えていた。

震えながら、目の端から、涙をこぼし始める。

「デュティ……ごめんよ、ずっと、またせちまって……ごめんよぉ!」

泣きながら、デュティに抱きつく。

「いいんだよサクラ、なにも気にしなくていい。こうして会えたのだ」

デュティは、そんなサクラを、優しく、そして愛《いと》おしげに抱きしめる。

「なんで……」

その光景を、クゥは信じられない気持ちで眺める。

力が抜け、思わず、手に持っていた〝邪神の瞳《ひとみ》〟を落とすほどに。

〝邪神の瞳〟は、自分の出番はないと悟ったかのように、赤黒い光の輝きを止める。

「あ……」

同時に、メイの変化も解け、元の姿に戻った。

「関係なかったのです」

泣きながら再会を喜び合う二人を前に、ゼオスは言う。

「五十年の月日も、その間に起こったなにもかもも、老いた姿さえも、あの二人には、関係なかったんですよ」

「あ、あああ……」

それを聞いて、クゥは崩れ落ち、己の傲慢《ごうまん》を悟った。

自分は、どこかで、「決めつけて」しまった。

老いたサクラを見て、デュティは彼女だとわからないと。

デュティに名乗り出るのは、老いたサクラにとって、苦痛でしかないと。

「わたしは……バカだ……」

人の幸せを、「こうあるべきだ」という決めつけ——クゥは、己の傲慢を、ようやく悟った。

「わたしは……最低だ……バカだ……ぐすっ……！　うあああっ!!」

恥ずかしさと、申し訳なさと、己の未熟が許せなくて、クゥは涙を流す。

ぼたぼたと、大粒の涙を落とした。

「人は失敗をするものだ。学ばせてもらったと思おう」

そんなクゥの肩を、ブルーは優しくなでる。

「はい……」

クゥは聡明《そうめい》な少女で、多くの者たちが、彼女の賢明さを讃《たた》える。

だがそれでも、まだ若い――いや、幼いと言ってもいい歳《とし》なのだ。

今回の過ちさえも、また彼女を大きく育《はぐく》むだろうと、ブルーは確信する。

そして……

「ゼオスくん……今回は、キミにしては随分、〝踏み込んだ〟ね？」

「……別に、特に大した意味はありません」

ブルーの問いかけに、ゼオスは感情を窺《うかが》わせない顔で返す。

だが、しかし、それもどこか、今日は少し違っているように見えた。

「さて！」

そんな空気を払拭《ふっしょく》するように、ゼオスがぱちんと両手を叩《たた》く。

「デュティ・ノーラレイ・アバルソソン……感動の再会のところ、水を差すのはこちらとしても心苦しいですが、よいですか？」

「う、うむ……！」

突然の税天使による仕切りに、デュティはうろたえながらも応じる。

「ブルー・ゲイセント以下、メイ・サーやクゥ・ジョら、魔王城の関係者たちが、あなたのために誠意を示しました。その事実は、理解していますね？」

一度は、他種族との交流をあきらめかけたデュティとの信頼関係を回復させるために、一同はこの場をセッティングした。

「……それがわからぬほど、私もバカではない。思い出させてもらった」

デュティが、人類種族との交易を行っていたのは、彼らの中にも、サクラのような心を通い合わせる者がいることを知っていたから。

時間はかかるだろうが、少しずつ育《はぐく》んでいけば、いつかは両種族の間に、決して崩れぬ頑強な橋がかかることを信じたからである。

「なれば……彼らの話を聞いてあげるくらいしても、バチは当たらないと思いますよ」

「天使がそれを言うのかね？」

バチを当てる、側の天界の使いの言葉に、デュティは苦笑いをした。

「だが、それは道理だ……人類種族を信じたのだ。魔族も信じるに足るか、話くらいは聞かねばな」

サクラにわずかに目をやると、デュティはロビーにある椅子《いす》の一つに座る。

「なにをしているのです、クゥ・ジョ」

続いてゼオスは、まだ膝《ひざ》をついているクゥに声をかける。

「相手がやっと、交渉のテーブルについてくれたのです。あなたはあなたの仕事をなさい」

「………！　は……はい!!」

立ち上がると、クゥは乱暴に涙を袖《そで》で拭《ぬぐ》い取る。

そして、デュティの向かいの席についた。

「聞かせてもらおうか、貴公の対案とやらを」

かくして、エルフ族との通商会談は、ようやっと再開に至った。

「ところで貴公はその格好はなんだ？　似合わんぞ？」

「あ、え？　あ、そーよねー！　うん、ちょっと着替えてくるわ！」

ニセサクラの変装に使用した「一昔前の村娘の服」を着ていたメイ。

最初からまったく目に入っていなかったデュティにツッコまれ、慌てて二階に着替えを取りに走るのであった。

魔族とエルフ族の、マンドラゴラ交易の問題は、大きくわけて二つ。

一つは、関税とマンドラゴラ税。

もう一つは、品質と価格の安定化の問題である。

この二点を如何《いか》にするか、それを、クゥとデュティは話し合うことになる。

「まず、関税とマンドラゴラ税のニジュウカゼイ問題……こちらは、両税ともに撤廃させます」

キーヌが作り上げた、裏金の温床となっていた元凶とも言えるこの制度に、クゥは抜本的な解決案を提示した。

「口で言うのは簡単だが。可能なのか？　ボストガルは人類種族領の国家だぞ」

懸念を示すデュティ。

他国の税制に口を出すこと自体、一種の内政干渉なのに、魔族が行えば、他種族干渉である。

「問題ありません。魔族ではなく、ユニオン……国家連合に〝指導〟の形で行ってもらいます」

「国家連合に？」

国家連合は、軍事、政治、そして経済において、所属する国家に指導する権限を持つ。

ボストガルもまた連合加入国である以上、指導に従う義務を持つのだ。

「国家連合が、魔族の要請を受けるのか？」

「それも問題はありません」

デュティの疑問に、クゥは即答で返した。

「今回の一件で、国家連合には貸しがありますから」

キーヌの裏金工作は、ボストガル国内だけでなく、人類種族領の他国家にも及んだ。

その影響を恐れた連合は、ノーゼを送り込み、事件のもみ消し工作を行った。

「連合に弱みを握られたボストガルは、今後長きにわたって連合の事実上の支配下に置かれます。そのために、エルフ族も、魔族も利用されたと言えます」

そのことは連合も理解していたため、エルフ族が行っていた密貿易は「お咎《とが》めなし」とすることで、見返りを残したのだ。

だが、同じく利用された魔族の方の貸しはまだ支払われていない。

「こんなこともあろうと、言質取っといてよかったわ」

ニヤリと笑うメイ。

先のやり取りの中、メイはノーゼに「借り一つ」を明言させていたのだ。

彼女は、クゥがこのような案を考えていることなど知らなかった。

だが、長くサバイバルな生活を送ってきたメイにとって、「相手の弱みを少しでも握り、いざという時の交渉材料にする」は基本であったのだ。

「なるほど……税に関してはそれで解決しよう……しかし、市場の問題はどうする？」

「そうですね……」

ある意味、デュティの最大の懸念は、それだった。

クゥの提案は、「マンドラゴラの自由化」である。

余計な税がかからなければ、密貿易をする必要はなくなる。

だが、それゆえに発生する新たな問題もある。

「自由化すれば、低価格化は避けられん。そうなればそうなったで、市場は崩壊するぞ」

「なんでよ？　安くなるのはいいことじゃない。〝シジョーゲンリ〟ってやつでしょ？」

メイが疑問を呈する。

消費者からすれば、安く物が買えるのは「良いこと」と思って当然だ。

「それが、決してそうとも言えなくてね」

ブルーは、メイの疑問に答えるべく、口を開く。

「キミと一緒に、〝市場調査〟名目で、高級店に行っただろう？　マンドラゴラ、ひと瓶50万イェンだ」

「うん、クッソ高かったわね。あれも関税のせいでしょ？」

「それもある。でもそれだけじゃない」

庶民からすれば、贅沢《ぜいたく》な高級品を求める金持ちたちは、「けしからん」と思ってしまうものだ。

だが、それにも意味はあり、意義がある。

「高いことに意味があるんだ。むしろ高くなきゃいけない」

「なんでよ?」

「うん……〝格〟というか、〝メンツ〟というか、富裕層には富裕層の決まりがあるんだ」

「わっかんないわよ」

首をひねるメイに、いつものようにクゥがたとえ話で解説をする。

「メイさん、乗合馬車ってありますよね?」

「うん、知ってるわよ。一台の馬車を、みんなで乗るアレでしょ?」

都市内、もしくは都市同士を繋《つな》ぐ公共交通機関の一つである。

「1回走らせるごとに、1万イェンかかったとします。乗れるのは10人です。運賃はいくらが妥当でしょう?」

「そりゃ、1万割る10で……一人1000イェンはもらわないと赤字になるわね」

馬車の整備費に、馬のエサ代、御者の給料などを賄《まかな》わねばならない。

「でもみんな貧乏です。出せるのはせいぜい800イェンです」

「だからって、それは……う～ん……」

「馬車に乗らないと、病気の人は病院に行けませんし、商売をしている人はお仕事ができません。どうします?」

「それは……まぁ、どうしよう……」

馬車がなければ生活ができない人はたくさんいる。

しかし、高すぎては誰も乗れない。

だが、乗れなければ社会が正常に回らなくなる。

「こういうときは社会のインフラの維持のため、国や政府が補助金を出して、その赤字分2000イェンを補うんです。みんなの生活のためです」

「なるほどね」

交通インフラが整備されることで、社会経済が回り、税収が上がる。

一見赤字に見える事業が、公共性の観点から必要とされ、公費が投入されるのはこういう理由である。

「でもそこに年収何億イェンのすごい大金持ちが現れて、800イェンだけ払って乗合馬車に乗ったら？」

「はぁ？　ザケてんじゃないわよ！　金持ってんだから、自分の馬車乗るなり、他の人よりたくさん運賃払うなりしなさいよ！　貧乏な人のためのものを、貧乏じゃないやつが使うなんて、だめじゃん！」

「そういうことです」

「あ！」

メイにもようやく、「仕組み」がわかってきた。

「人よりも立場が上の人は、〝みんなと同じ〟というだけで、不公平になるんだ。『平等であることが、公平であるとは限らない』なんだよ」

傍流の三男坊とはいえ、王族の生まれのブルーは言った。

「資産を持つ人が、資産を持たない人と同じ暮らしをしていては、高価なモノが売れなくなる。高価なものには相応に技術がかけられているので、技術発展も起きなくなる」

地位や権力、富を持つ者が、それにふさわしい暮らしを送ることは、一種の義務なのだ。

彼らがそれにふさわしい「需要」を生むことで、「供給」が行われる。

どんな技術も、需要があって初めて商売として成立し、発展が起こる。

技術が発展すれば、それまで高価であった技術もコストが下がり、庶民でも用いることができるようになる。

「富裕層の贅沢《ぜいたく》は、回り巡って、庶民の暮らしも豊かにするんだ。こういうのを、〝貴族の義務《ノーブレスオブリージュ》〟なんて言うそうだね」

「でもねぇ……金持ちの贅沢も世の中のため……なんて言われても、どうも納得できないわね」

「わっかんねぇやつだなオメェも、儲《もう》けるとこは儲けとかねぇと、儲からねぇけどやんなきゃいけねぇことができなくなるだろ？」

庶民、それもかなりの貧困層出身であったメイには、どうにも納得いかず、海賊シリュウにまで言われてもなおも首をひねる。

「そうですねぇ……では実例で説明しましょう」

「実例？」

再び、クゥが解説を行う。

「ある村に、とても優秀な錬金術師がいたんです。この方は、研究費を稼ぐために、自分で作った薬を売っていました。十種類の毒に効果のある解毒剤で、一本１０００イェンで販売していました」

「良心的ね」

「はい、なので好評で、毎日売り切れました。おかげで研究費がまかなえて新技術を編み出し、さらに二十種類の毒に効く解毒剤を開発しました。そして今までの解毒剤を安く作れるようになりました」

「いいことじゃない。普通にやっても技術発展するじゃん」

ここまで聞いただけでは、メイはまだ「高額商品の必要性」が理解できなかった。

「それで、新しい方を１０００イェンで、元からある方を８００イェンで売るようにしました」

「うんうん、新技術が開発されて、元からあるものが安くなる。理想的ね」

「そう、思いますか？」

「ん？」

やはり自分は間違っていないと、うんうんとうなずいていたメイだったが、クゥはさらに続ける。

「売れなかったんです。新しい解毒剤」

「なんでよ？　今までの倍効くようになったんでしょ？」

「でも今までと同じ効果のものの方が安いんですよ」

「でも、そっちは半分しか……」

「『高いけど今までより良いもの』に、誰もがお金を惜しまないわけではありません。錬金術師のところに来たお客さんたちは、あまり裕福ではなかったんです」

その人たちからすれば、必要な品でも、「安くてそこそこ」ならばそれでいいと判断したのだ。

「結局、その錬金術師は村を去りました。新しい薬が売れず、古い薬しか売れないのでは、儲《もう》けが足りず、研究費が稼げなくなったんです」

そもそも、新技術が開発されても、それが生かされなければ、研究の意義がなくなる。

結局その村からは、皆が買っていた安い方の薬すら手に入らなくなったのだ。

「難しいもんなのねぇ……」

「はい、高く買う人がいなければ、安く買えるものも作れなくなるんです」

ようやく、メイもことを理解した。

「この場合それが、貴族向けの高級マンドラゴラと、安い低品質な密輸マンドラゴラってわけ？」

「そうですね。マンドラゴラは、『高価で庶民には手に入らない』からこそ、富裕層は大金を払う価値があると思っています。でもそうでなければ、従来の購買層を維持できなくなるんです」

なんでも低価格にすればいいわけではない。

〝高い〟ということが〝格〟になり、〝需要〟となる。

これもまた生産性と呼ばれるものの一つなのだ。

「自由化が行われれば、エルフ領産も魔族領産も、同じ棚に並ぶ。天然物と人工栽培の違いなど、購買層には通じない。価格破壊が起き、エルフ領産の市場は崩壊する」

「はい、それはこちらとしても本意ではありません。高級品があってこそ、廉価品が売れるのです。自由化となれば、魔族産のマンドラゴラも、際限ない低価格化にさらされ、商売にならなくなります」

それこそがデュティの懸念であり、クゥも最も問題としたことだった。

「そうなると……『同じものだけど、こっちとこっちは別物なんだよー』ってしなきゃいけないってこと？　どうやってすんのよ？」

答えの見えない難題に、メイは両手を上げた。

「方法はあります。それが、第二のご提案です」

あらためて、クゥはデュティを正面から見る。

「マンドラゴラ交易を、一本化するんです。魔族領産のマンドラゴラをエルフ族の皆さんに全部買い取っていただき、それをエルフの皆さんに、人類種族領に売ってもらうんです」

「なに？」

いきなりの提案に、デュティは眉《まゆ》をひそめた。

「それでは、魔族は安定した収益を得るが、エルフは売れ残りリスクを押し付けられることになる。質の悪いものまで買い取れというのか？」

流通を一本化し、市場を一括できるが、損害も全て被ることになる。

それは、エルフ族にしても受け容《い》れられる話ではない。

「はい、ですから、質の悪いものは買い取らないでけっこうです」

「なに？」

怪訝《けげん》な顔をするデュティ。

「買え」と言ったかと思えば「買うな」と言うクゥの考えが、読めなかったのだが……

「そうか！」

だが、彼はこのからくりに気づく。

「ブランド化か！」

「はい！」

エルフ族がマンドラゴラを一手に引き取ることで、「エルフ族の鑑定」という価値基準ができる。

その上で、エルフ領の天然物は最高級品質とし高価格設定を行いブランド品とし、魔族領産の人工栽培品は、庶民向けのノーブランド品にする。

「こうすれば、購買層は重なりません。適正価格は維持され、市場も保たれます！」

マンドラゴラの生えない人類種族領では、その品質の鑑定はできない。

魔族では、天然物に高級品としてのお墨付きは与えられない。

なればこそ、「エルフ」という存在そのものを、ブランドとするのだ。

「ふむ……大したものだ。これならば、何の問題もない。共存し共栄できる。最も適切な形で、消費者まで届く……」

素直に感心するデュティだった。

「だが……」

しかし、あることに気づき、再び眉間《みけん》にシワを寄せた。

「クゥ・ジョだったな……貴公は、大変聡明《そうめい》で賢明な者だと思う」

「は、はい……ありがとうございます……」

人間嫌いとさえ言われるエルフ族からすれば、最大級の称賛であった。

「だが貴公は、やはりまだ若い……いや、幼い」

だからこそ、デュティは残念な思いを抱いた。

「この提案は、エルフの側にはなにも問題はない。だから問題だ」

「…………」

デュティの言葉の意味を、クゥは理解していた。

それ故に、口ごもり、難しい顔になる。

「性善説に基づき、人と接するのは、個人としては素晴らしい。しかし、こういった場合においては、ふさわしいものではない」

デュティの表情は、決してクゥを責めたものではない。

むしろ、彼女を善性の人間だと思うからこそのものだった。

「この提案は我々エルフ族に有利すぎる」

それが、デュティの抱いた問題点であった。

「有利すぎるって……有利だと、なんか問題あんのかよ旦那《だんな》？」

シリュウが不思議そうな顔で尋ねる。

相手に提案を呑《の》ませようというのなら、利益があって当然である。

「わからないかねシリュウ……このエルフによるマンドラゴラのブランド化、この提案は、エルフ族が『悪用しない』ことが大前提なのだ」

商品の価値基準の決定権を持てば、自分たちの品をひたすら高評価にして高値で売りつけ、魔族の品を際限なく低評価にし、安く買い叩《たた》くことができる。

「信頼とは、無防備となることではない。それは善意の強制だ。しかも、自分の望む形で動かそうとする行為だ」

デュティが厳しい態度なのも、理由がある。

抜け道のある契約を提案するということは、裏返せば「特権の乱用」を一種のセールスポイントとしているということなのだ。

誇り高きエルフとしては、そんな約束は結べない。

「何言ってんのよ！　ウチのクゥを舐《な》めんじゃないわよ！　それくらい想定済みよ！　ね？」

メイが声を上げ、クゥの肩を抱く。

「はい……」

しかし、クゥの声は弱々しかった。

「こういったケースの場合は、〝コウショウニン〟を立てるのが基本です」

「なにそれ？」

「契約などにおいて、法的な証明をしてもらう、利害関係にない第三者のことです」

「じゃあそれを——」

連れてくればいい、とメイが言う前に、動きが止まった。

「それ、誰になるの……？」

「それが……」

クゥの初期の構想では、エルフ族と魔族の契約である以上、間に立つ第三者は、人類種族が最も適当になると考えた。

「本当は、ボストガル政府に、公証を頼もうと思ったんです」

しかし、そのボストガルは、キーヌに裏金を掴《つか》まされ、利益を得てしまった。

そのため、公証人となる資格を失っている。

ノーゼがもみ消したが、それはあくまで表向きの話。

少なくとも、その事実を知るデュティには受け容《い》れられない。

「魔族でもなく、エルフでもなく、人類種族でもない、第三者ならぬ、第四者が必要なんです」

「それは……なかなか難しいな」

ブルーは腕を組み、思案する。

(種族的に、余計な面倒事には関わり合いたくなかろう。頼んだとしても、話を聞いてもらえるとは思えない)

エルフ族同様、「第三勢力」とも呼べる種族は他にも複数いる。

しかし、彼らはあまりにも数が少なく、公証人となるには弱い。

利害関係になく、損得抜きで間に立ってくれる、公正中立な存在。

そんな者がいるとしたら、あとは――

「はぁ……」

どうしたものかと思案する一同、無言になったロビーに、妙にそのため息がよく響いた。

「仕方がないですか」

それは、ゼオスのため息であった。

「そうだ！　アンタがいたじゃん、税天使！」

見つけたとばかりに、メイが指差す。

「人を指差すものではありませんよ、メイ・サー」

呆《あき》れた顔でツッコむゼオス。

「本来なら法天使の管轄なのですがね」

公正なる絶対神の使いである天使のゼオス——両種族の仲立ちをする者として、これ以上に公正な立場の者もいない。

「でも、ゼオスさんは、その……」

だが、クゥはすんなり受け容《い》れることはできなかった。

「なにか、問題があるのかい、クゥ？」

「は、はい……」

ブルーに尋ねられ、クゥはうなずく。

「コウショウニンは、誰でもなれるものではありません。なんらかの法律関係の専門家でなければ……その中に、〝ゼイホウ〟は入っていないんです」

通常、公証人の資格を持つのは、裁判官、検察官、司法書士といった者たちであり、その中に、税務の従事者はいない。

「そこまで知っているのなら、特例条項があるのもご存じでしょう?」

「えっと、はい……」

ゼオスに言われ、クゥは思い出す。

「確か……」

「経歴を鑑《かんが》み、それに準じる者に関しては、特例としてその資格を認める……私、その資格持ってるんですよ」

そこまで言ってから、ゼオスはまた、小さく息を吐いた。

「なぁーによ！　そんならそうって早く言いなさいよ！」

「聞かれなかったので」

メイに問い詰められるも、ゼオスはいつものように……否《いな》、いつも以上に、淡々とした返し方であった。

「ゼオスくん……いいのかい?」

わずかに、ブルーがそれに違和感を覚えた。

「なにがでしょうか?」

「いや、なんでもない」

だが、ゼオスの態度を前に、それ以上は言えなかった。

「デュティ・ノーラレイ・アバルソソン、私がコウショウニンを務めます。異論はありますか？」

「いや、ない、あるわけがない……」

これ以上ない公証人を前に、デュティも納得をする。

「では……税天使ゼオス・メルの名の下において、ここに宣誓を――エルフ族は誠実と誠意を持って、正確なる鑑定を行い、魔族はそれに基づいた評価を承認すること……」

ゼオスが天に手をかざすと、わずかに光が生まれ、二枚の紙と羽根ペンが現れる。

「二枚あるので、それぞれの代表者が署名を行ってください」

テーブルの上に置かれたのは、契約同意書であった。

「コレ見ると、〝ゼイムチョウサ〟食らった時のこと思い出すわ……」

「だね～……」

メイとブルーにとっては、国家存亡の思い出である。

「ではさっそく……」

魔族の代表者であるブルーが、二枚の書類にそれぞれ署名を行う。

「次は私だな……」

そして、次にエルフ族の代表者たるデュティが、署名を――

「いや、待て。もう一つ、頼みがあるのだが、いいか？」

「はぁ？　この期に及んでまだなによ？」

ようやく問題が解決する。

そう思ったところでのデュティの申し出に、メイは困惑した顔になる。

「なに、大したことじゃない……この後な、サクラと結婚式をあげようと思う」

「ええ！　い、いきなり何言うんだい、デュティ!?」

いきなりの彼の言葉に、老女将《おかみ》のサクラは、乙女のように頰《ほお》を赤らめる。

「ダメかい？」

「え、そんな……ダメなわけ、ないだろ……？」

「ありがとう……」

戸惑いつつも、承諾してくれたサクラに、微笑《ほほえ》みを返して礼をする。

「……というわけだ。貴公らに、見届人になってほしいのだがね。いいだろうか？」

五十年、離れ離れになっていた二人が、やっと時を取り戻す門出。

そのきっかけを作ってくれた者たちに、祝ってほしい。

デュティなりの、メイやブルーたちとの出会いと、クゥの提案によるこの取引が、幸福なものであったという返礼であった。

「なるほど……そーゆーことなら喜んで、よ！　おばあちゃん……ううん、サクラ？　とびっきりおっきな花束用意したげるわ！」

「ありがとうねぇ、うふふ」

快諾するメイに、サクラは、これ以上ないほど幸せな笑顔で返す。

「ならば、もうほかに何も望むものはない」

デュティもまた、同意書に署名する。

「二枚の同意書は、それぞれ保管するように。これは天界も認めた契約。違えることなきよう」

署名を確認した後、ゼオスはそれぞれに渡す。

「ちなみに……もし違えた場合はどうなるのよ？」

ふと思いついたメイは、ゼオスに尋ねた。

「メイくん、今契約を交わしたばかりで、そういうことを聞くのは不謹慎だよ」

困ったような顔で、ブルーは諫《いさ》めた。

「だって気になっちゃってさぁ」

「…………」

しかし、問われたゼオスは、わずかに無言になった後、返答した。

「……天界の定めた約定を違えた者には、相応の罰が下ります。天使の中で、最も苛烈《かれつ》なる天使が降臨し、然《しか》るべき罰を与えるでしょう」

「あ、アンタより、怖かったりする？」

恐る恐る尋ねるメイ。

「そうですね。絶対に逃れられない報いが下るでしょう」

あえて、何が起こるとは明確に答えない。

それ故に、余計に恐ろしさがあった。

「おっけー、もういいわ、これ以上聞いたら夢に出そう」

〝邪神の瞳《ひとみ》〟による「最も恐ろしいもの」の幻覚をメイはくらわなかったが、もしかかっていたとしたら、ゼオスが現れたかもしれない。

「さて、これで私の役目は終わりですね。では……」

やるべきことをすべて果たした税天使は、いずこかへ立ち去ろうとする。

「あの……」

その背中に、クゥが声をかけた。

「ありがとうございました！」

そして、深くお辞儀をする。

「わたし、まだまだ未熟でした。怒ってくれて……ありがとうございます！」

才知に溺《おぼ》れ、傲慢《ごうまん》に陥った自分を諫めてくれたことを、クゥは心から感謝していた。

「気にすることはありません。むしろ未熟であることは救いです」

ゼオスは背中越しに、わずかに振り返る。

「己の失態に涙できる間は大丈夫ですよ。それすら失われれば、もう……」

クゥにではなく、まるで自分に言い聞かせるような口ぶりであった。

「ゼオスさん……？　あの……」

「失礼」

なにか、言いようのない不安を覚えたクゥが手をのばすが、その前に、ゼオスは今度こそ、止まることなく、その場を後にした。


そして六日目——ボストガル郊外にある小さな森。

そこにあった大樹の前で、デュティとサクラの結婚式が行われる。

自然を尊ぶエルフたちにも敬意を表し、大樹の前で愛が誓われるのだ。

この上なく幸せそうな二人に、立ち会ったクゥたちは惜しみなく祝福をする。

その後——

エルフ族と魔族の協定は果たされ、交易は順調に執り行われるようになる。

海賊シリュウは、魔族領とエルフ領、そして人類種族領を股《また》にかけての海上輸送を請け負ったことで、近々本格的に海賊から足を洗うことを考えている。

ブルーとメイ、そしてクゥも、あわただしくも平和な日々に戻った。

これが後に、魔族の歴史書に「ボストガルの六日間」と記される、事件の顚末《てんまつ》である。

そして——最後に会ったあの日から、ゼオスは、魔王城の一同の前に二度と姿を表すことはなかった。

あとに残るは羽根一枚

六日目——クゥたちが、デュティとサクラの結婚式に参列しているその時、ボストガルの岬に、ゼオス・メルはいた。

「まだ、こんなものが残っていたとは………」

彼女の手の中にあったのは、いつのまにかクゥのポケットの中に入っていた、〝邪神の瞳《ひとみ》〟

——それを、昨日のどさくさに紛れ、ゼオスは回収していた。

これは、人が持つには過ぎたもの。

否《いな》、いかなる者とて、持っていてはならぬもの。

「恐皇、あなたはまだ………」

小さくつぶやくと、ゼオスは〝邪神の瞳〟を握りつぶす。

名の通り眼球のようであったそれは、ぶちゅりという音を——立てず、まるで砂糖菓子が砕かれたように、粉になってゼオスの手の中から溢《あふ》れる。

そのままサラサラと、風に舞い、眼下の海面に飛び、世界に溶け込むように霧散した。

「あらあらひどいわね、それ貸したものなのよ？」

「元々あなたのものではないはずです」

背後に現れた者に、ゼオスは振り返ることなく告げる。

現れると思っていた。

自分が一人になったならば、彼女は必ず現れるだろう。

「いえ、誰のものでもない。〝彼〟はもうこの世にいない」

言って、あらためて、ゼオスは振り返り、顔を向ける。

「ふふ、そーね」

そこにいたのは、国家連合所属の通商査察官ノーゼ。

だが、それが偽りの姿であることを、ゼオスは知っている。

「こんなモノを人間が持てば、理性を失い力に溺《おぼ》れるなど、わかりそうなものです」

「あら……だって、あの子のためよ。必要だと思ったんだから」

クゥの手元に、いつのまにか〝邪神の瞳〟があったのも彼女の仕業である。

「私は、天使サマと違って、〝みんなを平等に公平に〟なんてできないし、しないわ。気に入った子にはえこひいきするの」

マンドラゴラ振興協会の屋敷、そこで彼女の姿を見た時、常に冷静なゼオスでさえ、驚きに声を上げそうになった。

「だから貸してあげたのよ。あのキーヌってボウヤのときのように」

そして同時に理解した。

今回の一件、ゼオスも問題解決のために動いていた。

そのための様々な手は打っておいた。

クゥたちに宿屋〝四つ葉亭〟を紹介したのもその一つである。

あの老女将《おかみ》サクラが、エルフ族代表のデュティと縁のある者と知った上で、クゥたちを誘導した。

他にもあまたに策を打っていたのだが、そのことごとくが上手《うま》く行かなかった。

それも全て、彼女……ノーゼの介入が原因である。

薄々存在を感じていたが、〝邪神の瞳《ひとみ》〟があることを知り、確信を得た。

「やはり彼もあなたが関わっていましたか」

「ええ、無一文で放り出され、地べたを這《は》いつくばっていたところを哀れんで問いかけたの、『大金持ちになりたくなぁい？』って」

元は、小さな商館の、いち会計係でしかなかったキーヌ。

その商館もクビになり、路頭に迷っていた彼の前に現れ、〝邪神の瞳〟などをくれてやった者こそ、このノーゼなのだ。

「最初は上手く行ってたんだけどね。でも、だんだん調子に乗って……私への報酬をしぶりだしたから、オシオキしちゃった♪」

それが彼女のやり方なのは、ゼオスはよく知っている。

路頭に迷い、絶望の中にいるか弱き者の前に現れ、誘惑する。

「でも安心して、殺したりしないわ。大疑獄の生き証人だから、死んでも生きても厄介なんで……」

一時は救われる。

膨大な富を得て、一時は満たされる。

だが所詮《しょせん》一時。

溢《あふ》れんばかりの富に正気を失い、ことごとく破滅する。

「どっかの城の地下牢《ちかろう》で、死ぬまで飼い殺されるでしょうね。小さな窓から入る太陽の光を満喫する、素敵な日々を送ることでしょう。うふふふふふふふふふ！」

「あなたは………」

ゼオスは、激しい怒りを持ってノーゼをにらみつける。

彼女のせいで、奈落の底に叩《たた》き落とされた者たちがどれだけいたか。

この百年の間だけでも、数え切れない。

「おお怖い怖い、そんな睨《にら》まないでよ」

ゼオスの怒りすら、ノーゼは涼しい顔でそらす。

「だって、そういうものでしょう？　『悪魔と契約を交わした者の末路』なんて」

言うや、彼女の背中から、ゼオス同様、大きな翼が現れる。

だが、ゼオスのような、真っ白な天使の翼ではない。

コウモリを思わせるシルエット、黒く、禍々《まがまが》しい、「悪魔の翼」であった。

「税の悪魔と取り引きをしたんだから」

〝税〟悪魔――それこそが彼女の正体。

世界の根本を司《つかさど》る絶対法則〝ゼイホウ〟に仇《あだ》なす者。

ありとあらゆる方法をもって〝税〟の力を悪用し、契約を交わした者に私腹を肥やさせる、税天使の最大の敵対者である。

「あの哀れなキーヌの後は、クゥ・ジョに目をつけましたか……でも、彼女は、あなたの誘惑をはねのけましたよ」

「そうね、ちょっとびっくりしたわ。さすが、ジョ一族最後の一人、ってとこかしら……ふふふ」

クゥに〝邪神の瞳《ひとみ》〟を持たせたのも、彼女の策略。

あともう一歩で、クゥは力に溺《おぼ》れ、目的のためなら手段を選ばぬ〝ゼイリシ〟になっていただろう。

あれにはそれだけの力がある。

持つ者の正気を失わせる、奈落の底に沈めるようなアイテムなのだ。

「…………」

クゥを悪の道に引きずり込もうと企《たくら》んだノーゼに、ゼオスはさらなる怒りのこもった目を向ける。

「そんな睨《にら》まないでちょうだい。別にあの子になにかする気なんてなかったわ。だって私は悪魔、天使と違って公平で平等じゃない、気まぐれでえこひいきするわ。それだけの話よ」

「信じがたいですね」

「お好きにどうぞ。ああ、あなたふうに言うなら……『どう思うかはあなたの勝手です』かしら？」

関わった者をことごとく不幸にする悪魔が、「なにもする気はなかった」などと口にしても、信じがたい話である。

それはノーゼ自身もわかっているのだろう。

ゼオスの追及を、軽口でいなした。

「あらあら、怒った？」

相手をからかうような笑いを浮かべるノーゼ。

ゼオスが真剣であればあるほど、彼女はそれをあざ笑う。

「あなたのやっていることは、この世界の根本原理を歪《ゆが》めることだと、わかっているでしょう。あなたもかつては――」

「人にえらそうなことを言える立場？」

「……！」

だがそんなノーゼが、自分の罪を追及しようとしたゼオスに冷たい言葉を返す。

「私はいいのよ、悪魔だから。えこひいきするし、不平等で不公平。でも、あなたはそれじゃいけない」

それは、ゼオスにとって、最も痛いところを突くものであった。

「あなたは神の使い、神の愛が、いかなる者にも等しく降り注ぐように、あなたもまた、特定の人物に理由なく肩入れすることは許されない」

公平であることを求められ、己の使命を超えた介入が禁じられている天使たち。

それでありながら、ゼオスは今回税天使の領域を超えた行いをした。

「あなたとあの子たちが、どれだけなじみの関係だとしても……いえ、だからこそ、今回は税天使の職分を大きく外れているわよね」

クゥたちが遭遇した今回の一件は、どれだけ解釈を変えたとしても、「魔族とエルフ族の商取引」問題である。

つまりは、「個人の利益」の話なのだ。

「公」の存在である天使が、助言し、助力するのは禁じられている。

今までは、ゼオスはほのめかしヒントを与え、問われて初めて答えるというように、あくまで当人たちが正しき道を歩めるように導く形で介入していた。

「なのに、今回あなたは、あの子たちに、税天使の権限を超えた助力を働いた」

ノーゼはニヤニヤと、いたぶるように笑っている。

「自分から〝コウショウニン〟を買って出るに至っては、完全な逸脱行為よね」

「…………」

反論のできないゼオス。

彼女の言っていることは間違っていないからだ。

だが他に手はなかった。

通常のやり方では、ノーゼによって乱された状況を、好転させることは難しかったのだ。

「くっ……」

自分に、「そうさせた」当人に責められる、ある意味で、最大の屈辱である。

「でもしょうがなかったわよね。見ていられなかった、税天使ではなく、ゼオス・メルは、あの子たちを見捨てられなかった」

ゼオスは今回、公証人として、魔族とエルフ、そして人類種族の仲立ちをした。

しかし、あの時クゥが言ったように、本来は、税天使は公証人になれない。

だが、ゼオスは「特例としてその資格を有するに足る経歴」を持つ者だった。

ならばその経歴とは、なんだったのか？

「悪魔が関わっていたから？　違う違う、それだけじゃない。正確じゃない。〝邪神の瞳《ひとみ》〟が関わっていたから。あれによって起こったトラブルを、あなたは看過できなかった」

〝邪神の瞳〟は、はるかな昔に世界を混沌に陥れようとした邪悪なる神の遺物。

〝光の剣〟の初代所有者によって打ち砕かれた、邪神の欠片《かけら》。

「自分がかつて滅ぼしそこねた者の残滓《ざんし》が引き起こした事件で、不幸になる者を見捨てることができなかったから……そうでしょう、勇者ゼオス様？」

「！」

元勇者——それこそが、ゼオスが公証人の資格を得る特例が認められた理由であった。

「ふふふ……この後あなたはどうなるのかしらね」

可笑《おか》しそうに、面白そうに、この上なく楽しそうに、ノーゼは笑う。

絶対神アストライザーは、公平にして平等なる神。

どんな悪人でもどんな善人でも、等しく慈愛を注ぐ。

その公平さに例外はない。

自分に仕える天使であろうが、決してその罪を見逃さない。

税天使の領分を超え、特定の者たちに肩入れしたゼオスを、アストライザーは見逃すようなことはしない。

「うふふふふふふふふふ」

ゼオスに待つこの先の運命を笑いながら、ノーゼはいずこかへと姿を消した。

「…………」

再び一人になったゼオスは、天を仰ぐ。

いつもならば、自分の仕事が終わったならば、彼女は翼をはためかせ、天界に戻る。

だが今回はそうしなかった。

なぜなら、天使として罪を犯した自分に、再び天の国の門をくぐる資格がなかったからだ。

「そんなことは……」

それまで晴れ渡っていた空に、どこから現れたか黒い雲がうずまき出す。

うめき声のような、雷鳴が轟《とどろ》く。

「覚悟の上です」

全てを受け容《い》れる覚悟をもって、ゼオスが天を見つめた次の瞬間。

巨大な、まるで天と地を繋《つな》ぐ光の柱のような雷が、彼女を襲った。

地響きすら起こす落雷が終わった後、雷雲は散り散りになって消え去り、なにもなかったように、ふたたび青い空が広がる。

なにもなかったかのように。

最初からなにもなかったように。

そこには、ゼオスの姿もなく、ただ一枚の白い羽根が、風に舞い飛んでいった。

つづく

あとがき

『剣と魔法の税金対策』三巻、お読みいただき、ありがとうございます。

はい、そうなんです。今回は、「つづく」です！

いやぁ、あのですね、ありがたいことに、今シリーズ結構順調でして。

四巻出すこと前提の三巻にしちゃっていいかなと尋ねたら、

「いーよー」

とのことでした。

なんでも言ってみるもんです。

この続きは近日発売予定ですんで、是非とも、お付き合いください！

さて、ってなわけで、例によって謝辞を……

三弥《みや》カズトモ様！　いつも素晴らしいイラストをありがとうございます！

特に今回は色々、ご面倒を、おかけしてしまい、まことにすいません！

もしお会いする段がございましたら、グーで殴ってください！

担当Y様、今回もありがとうございます！

印刷、校正、デザイン、流通、販売に関わる全ての皆様、そしてなにより、今この瞬間、今作を手にとってくださっているあなたに――ありがとうございます！

そうだそうだ……インフォメーションです！

今作『剣と魔法の税金対策』、ありがたくもコミカライズ連載中です！

「剣と魔法の税金対策@COMIC」で検索しよう！

作者の蒼井ひな太氏の描く、もう一つの税金ファンタジックストーリーを、ぜひ、ご覧になってください！

あ、しまった！

二巻で言った「私が税務調査を食らった話」を書くスペースがなくなった!!

それも含めて、以下続刊!!

それでは、四巻にてまたお会いしましょう！

皆既月食の夜に――

SOW

↗合は、あなたとあなたのお母さんがそれになります。その人数分（2人）×600万円に、先ほどの基礎控除3千万円を合わせた額が相続税における基礎控除です。ですので、4200万円ですね。この金額内の相続なら、申告の必要はありません。非課税です。「あ、けっこうたくさん税金かからないんだな」って思われました？　ところがそうでもないんです。

遺産というのは、故人が有していた、全ての「価値が付くもの」に該当します。さすがにボールペン一本まで細かくは含みませんが、それでも、家や車などは該当します。それら全てを金額計算しての、控除分なのです。例えば、あなたのお家が、お父さんの名義だったとしたら。その家の価格が4500万円で、控除額の4200万円差し引いても、残った300万円分に相続税が発生します。相続税は基本的に現金一括払いで、分納は可能ですが、利子がかかります。

納めきれなかったら、今までと同じように家に住んでいるだけで、借金が発生するんです。

なので、生前からの相続税対策が重要なんですね。対策方法の一つに「養子縁組」があります。上記のように、相続人が多ければ、その分控除額が増えます。例えばあなたに子どもが1人いたとしましょう。お父さんから見れば「孫」です。その「孫」を、お父さんの養子にして、「子ども」にすれば、600万円分控除が増えるのです。そうすれば、4500万円の家があったとしても、控除額は4800万円に増えているので、相続税は発生しないのです。

ズルいと思われるかもしれませんが、これも税法に基づいた合法な手段です。
他にも、相続税は意外と、「ゆるい」ところが多いんですが、これには理由がありまして。今から三十年以上前ですが、日本がバブル好景気の頃、土地の価格がすごく上がったんです。十年にも満たない間に、買った額の五倍になったりしました。

仮にお亡くなりになる十年前に4千万で土地付きの家を買っていたら、2億円です。当然、税金の額も多くなります。ざっとした計算ですが……この場合、3千万円くらいです。払えますか？

払えませんよね。土地を売れば……と思うかもですが、一軒家単位の土地って、すぐに売れるものではありません。でも、相続税はすぐに払わないといけません。そうなると、納められなくて、二巻でも行われた「相続放棄」をするしかありません。

相続放棄は遺産の相続全てを放棄することです。そうなると、お父さんが死んで、さらに家や財産全てを失うことになります。こういう事態が増えてしまったので、比較的「締め付けすぎない」ようになった――のではと、言われています。

ともあれ、人間、いつ何が起こるかわかりません。縁起でもないと言わず、早め早めに話し合うのが大切です。しっかりとした対策をすることで、遺された人たちの将来も、大きく変わるのです。

そして、困った時は、お近くの税理士にご相談を！
相続税対策も、ご相談お受けしております！ゼイリシのクゥ・ジョ、でした！

“ゼイリシ”クゥ・ジョの

出張税務相談

It's a world dominated by tax revenues. And many encounters create a new story

どうも！　またお会いしましたね。ゼイリシのクゥ・ジョです！　今回も、よくわからない税金のアレコレに関して、ちょっとした補足説明をさせていただきます。だいじょうぶ、税金は怖くありません！　ちなみに、こちらでは、わかりやすくするため、「日本の税制度」に基づいて解説しますね。

相続税の控除 ［そうぞくぜいのこうじょ］

以前もご説明したように、税金には「控除」というものがあります。その分の所得には税金がかからないよ、という枠ですね。相続税にもそれがあります。ただ、ちょっと複雑で、一定額ではありません。

まず一律の控除額があります。どのような人でも、最低３千万円、この金額分は非課税です。そこに、「法定相続人」の人数分控除が足され、「基礎控除」となります。法定相続人とは、民法に基づいてさだめられている相続者のことで、三段階に分かれています。

わかりやすく、例を挙げてみましょう。仮に、こちらをお読みになっているあなたのお父様がお亡くなりに――ああ、すいません、縁起でもありませんが、あくまで“例え”ですからね？――になったとします。そうなると、「第一順位」が、「配偶者と子供」……お母さんと、あなたになります。もしここで、あなたがお父さんよりも先にお亡くなりになっていたとしたら、ですが、あなたにお子さんがいた場合、あなたの代わりにお子さんが「第一順位」になります。こちらに該当する人がいなかった場合、「第二順位」に繰り下がります。それが、「両親もしくは祖父母」です。　あなたから見れば、おじいちゃんおばあちゃんか、ひいおじいちゃんひいおばあちゃんですね。この「第二順位」もいなかった場合、「第三順位」になり、「兄弟姉妹」になります。あなたから見れば、「おじさんおばさん」ですね。こちらもいなかった場合は、さらにこの「兄弟姉妹の子供」というふうに下がります。ここらへん、遺産相続以外でも、民法では基本的に、親族のつながりの重要度は「下（子・孫）→上（両親・祖父母）→横（兄弟姉妹）」の順位になります。

さて、この「法定相続人」、今回の例で言えば、あなたのお父さんがお亡くなりになった場↗

参考資料：『相続税を払うヤツはバカ!』（ビジネス社）　『キミのお金はどこに消えるのか　令和サバイバル編』（KADOKAWA）
『図解分かる税金』（新星出版社）　『いちばん親切な相続税の本　2020年版』（ナツメ社）　国税庁ウェブサイト https://www.nta.go.jp/

つ…翼!?
天使…だと!?
天界の使い!!
降臨なさったのは
あなたがたの企み、
看過するわけには参りません。

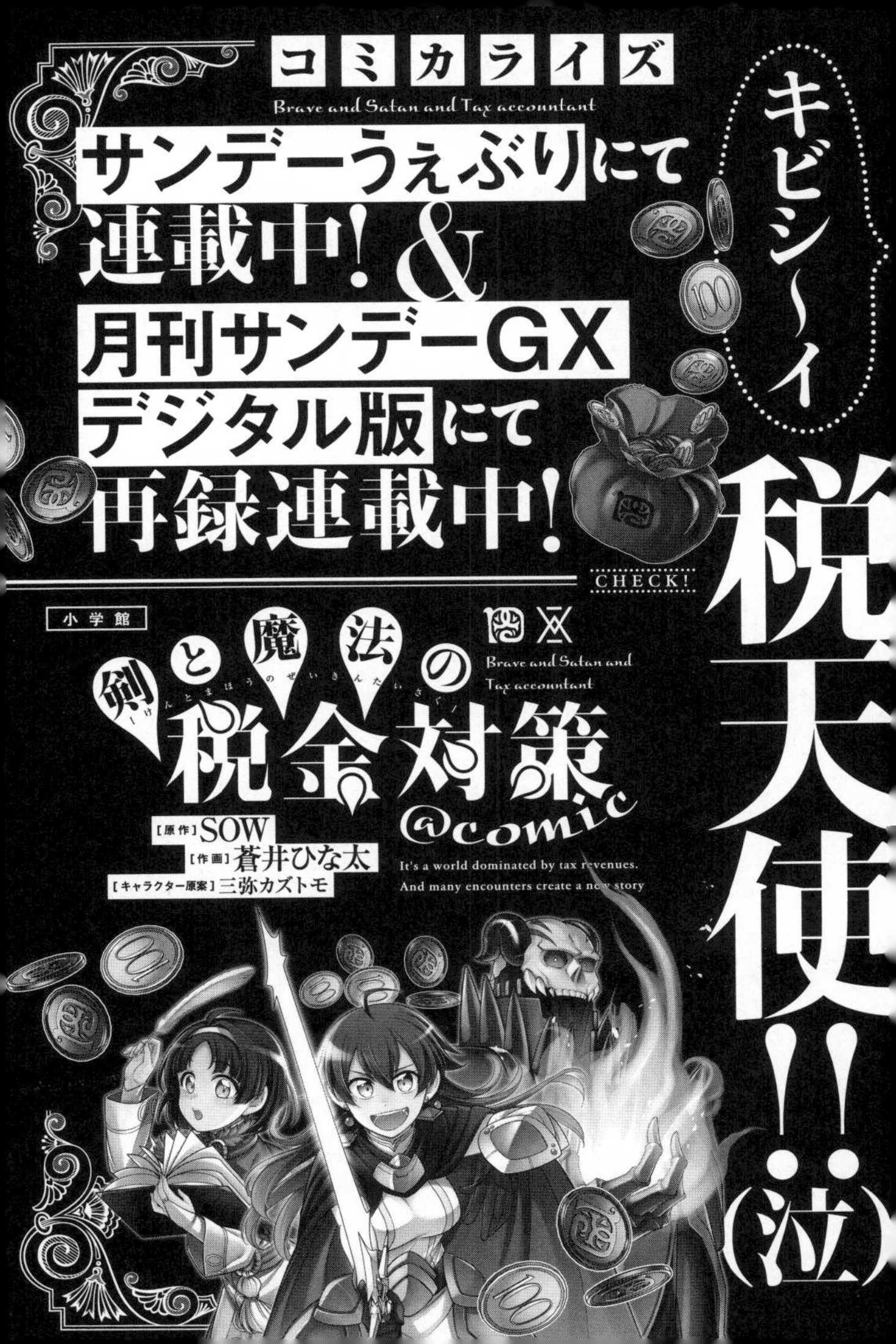
コミカライズ
Brave and Satan and Tax accountant
サンデーうぇぶりにて連載中！＆
月刊サンデーGX デジタル版にて再録連載中！
キビシ〜イ
税天使!!(泣)
CHECK!
小学館
剣と魔法の税金対策《けんとまほうのぜいきんたいさく》@comic
Brave and Satan and Tax accountant
[原作] SOW
[作画] 蒼井ひな太
[キャラクター原案] 三弥カズトモ
It's a world dominated by tax revenues.
And many encounters create a new story

ガガガ文庫7月刊

きみは本当に僕の天使なのか

著／しめさば

イラスト／緜《わた》

〝完全無欠〟のアイドル瀬在麗……そんな彼女が突然僕の家に押しかけてきた。遠い存在だと思っていた推しアイドルが自分の生活に侵入してくるにつれ、知る由もなかった〝アイドルの深淵〟を覗くこととなる。

ISBN978-4-09-453016-2（ガし5-1）　定価682円（税込）

剣と魔法の税金対策3

著／SOW《ソウ》

イラスト／三弥《みや》カズトモ

「税天使」のコワーイ取り立てに対抗するために結婚しちゃった勇者♀と魔王♂。魔王の国にお金をもたらすのは……マンドラゴラの栽培&輸出!!　しかし、エルフの国からの横槍で、事業頓挫の大ピンチ!?

ISBN978-4-09-453013-1（ガそ1-3）　定価726円（税込）

シュレディンガーの猫探し3

著／小林一星《こばやしいっせい》

イラスト／左《ひだり》

亡き姉の残した「時を超える」魔導書。その手がかりを探すため、焔螺と令和は、芥川の故郷・猫又村を訪れる。妖怪伝承の残る閉鎖的な村で起きる事件とは!?

ISBN978-4-09-453014-8（ガこ4-3）　定価759円（税込）

ストライクフォール4

著／長谷敏司《はせさとし》

イラスト／筑波《つくば》マサヒロ

第24シーズン、火星ラウンド。シルバーハンズは、最強の軍選手・カレンを擁するガーディアンズと激突する。滾る雄星だが、人工的にチル・ウエポン耐性を増強された選手・シルヴィアが送り込まれてきて……？

ISBN978-4-09-453025-4（ガは5-4）　定価847円（税込）

貘《バク》 ―獣の夢と眠り姫―

著／長月東葭《ながつきとうか》

イラスト／東西《とうざい》

電子に代わり夢を媒体とした通信技術が発展し、幻想と現実が等価値となった現代。「覚醒現実」と「夢信空間」、二つの世界を行き来しながら、悪夢を屠る少年と、儚き少女が巡り会う。

ISBN978-4-09-453015-5（ガな10-1）　定価726円（税込）

負けヒロインが多すぎる！

著／雨森《あまもり》たきび

イラスト／いみぎむる

達観ぼっちの温水和彦は、クラスの人気女子・八奈見杏菜が男子に振られるのを目撃する。「私をお嫁さんにするって言ったのに、ひどくないかな？」これをきっかけに、あれよあれよと負けヒロインたちが現れて――？

ISBN978-4-09-453017-9（ガあ16-1）　定価704円（税込）

ミモザの告白

著／八目《はちもく》 迷《めい》

イラスト／くっか

冴えない高校生・咲馬と、クラスの王子様的な存在である汐は、かつて誰よりも仲良しだったが、今は疎遠な関係になっていた。しかし、セーラー服を着て泣きじゃくる汐を咲馬が目撃してから、彼らの日常は一変する。

ISBN978-4-09-453018-6（ガは7-3）　定価726円（税込）

GAGAGA
ガガガ文庫

剣と魔法の税金対策3

SOW

発行　2021年7月26日　初版第1刷発行

発行人　鳥光 裕

編集人　星野博規

編集　湯浅生史

発行所　株式会社小学館
〒101-8001 東京都千代田区一ツ橋2-3-1
[編集]03-3230-9343 [販売]03-5281-3556

カバー印刷　株式会社美松堂

印刷・製本　図書印刷株式会社

Printed in Japan　ISBN978-4-09-453013-1

第16回小学館ライトノベル大賞
応募要項!!!!!!!!!!!!!!!!!!!!!!!!!!!!!!!!!

ゲスト審査員は磯 光雄氏!!!!!!!!!!!!!!!!

大賞：200万円＆デビュー確約
ガガガ賞：100万円＆デビュー確約
優秀賞：50万円＆デビュー確約
審査員特別賞：50万円＆デビュー確約

第一次審査通過者全員に、評価シート＆寸評をお送りします

内容 ビジュアルが付くことを意識した、エンターテインメント小説であること。ファンタジー、ミステリー、恋愛、ＳＦなどジャンルは不問。商業的に未発表作品であること。

（同人誌や営利目的でない個人のWEB上での作品掲載は可。その場合は同人誌名またはサイト名を明記のこと）

選考 ガガガ文庫編集部＋ゲスト審査員 磯 光雄

資格 プロ・アマ・年齢不問

原稿枚数 ワープロ原稿の規定書式【１枚に42字×34行、縦書きで印刷のこと】で、70〜150枚。

※手書き原稿での応募は不可。

応募方法 次の３点を番号順に重ね合わせ、右上をクリップ等（※紐は不可）で綴じて送ってください。

① 作品タイトル、原稿枚数、郵便番号、住所、氏名（本名、ペンネーム使用の場合はペンネームも併記）、年齢、略歴、電話番号の順に明記した紙

② 800字以内であらすじ

③ 応募作品（必ずページ順に番号をふること）

応募先 〒101-8001 東京都千代田区一ツ橋 2-3-1
小学館　第四コミック局　ライトノベル大賞係

Webでの応募　GAGAGA WIREの小学館ライトノベル大賞ページから専用の作品投稿フォームにアクセス、必要情報を入力の上、ご応募ください。

※データ形式は、テキスト（txt）、ワード（doc、docx）のみとなります。
※Webと郵送で同一作品の応募はしないようにしてください。
※同一回の応募において、改稿版を含め同じ作品は一度しか投稿できません。よく推敲の上、アップロードください。

締め切り 2021年９月末日（当日消印有効）

※Web投稿は日付変更までにアップロード完了。

発表 2022年３月刊『ガ報』、及びガガガ文庫公式WEBサイトGAGAGAWIREにて

注意 ○応募作品は返却致しません。○選考に関するお問い合わせには応じられません。○二重投稿作品はいっさい受け付けません。○受賞作品の出版権及び映像化、コミック化、ゲーム化などの二次使用権はすべて小学館に帰属します。別途、規定の印税をお支払いいたします。○応募された方の個人情報は、本大賞以外の目的に利用することはありません。○事故防止の観点から、追跡サービス等が可能な配送方法を利用されることをおすすめします。○作品を複数応募する場合は、一作品ごとに別々の封筒に入れてご応募ください。